울 준비는 되어 있다

号泣する準備はできていた
Gôkyû suru Jumbi wa Dekiteita
Copyright ⓒ 2003 by Kaori Ekuni
First published in Japan in 2003 by Shinchosha Publishing Co., Ltd., Tokyo
Korean translation rights arranged with Kaori Ekuni
through Japan Foreign-Rights Centre/Shinwon Agency Co.

이 책의 한국어판 저작권은 신원 에이전시를 통한 Japan Foreign-Rights Centre 사와의
계약으로 한국어 판권을 (주)태일소담이 소유합니다.
저작권법에 의해 한국 내에서 보호를 받는 저작물이므로 무단전재와 무단복제를 금합니다.

울 준비는 되어 있다

펴 낸 날 | 2004년 5월 3일 초판 1쇄
　　　　　 2022년 3월 2일 개정판 1쇄

지은이 | 에쿠니 가오리
옮긴이 | 김난주
펴낸이 | 이태권

책임편집 | 윤주영
책임미술 | 양보은
펴낸곳 | 소담출판사
　　　　　 서울특별시 성북구 성북로5길 12 소담빌딩 301호 (우)02880
　　　　　 전화 | 02-745-8566　팩스 | 02-747-3238
　　　　　 등록번호 | 1979년 11월 14일 제2-42호
　　　　　 e-mail | sodambooks@naver.com
　　　　　 홈페이지 | www.dreamsodam.co.kr

ISBN　　　979-11-6027-290-1　03830

• 책값은 뒤표지에 있습니다.
• 잘못된 책은 구입하신 곳에서 교환해드립니다.

울 준비는 되어 있다

에쿠니 가오리 지음 | 김난주 옮김

소담출판사

| 차례 |

전진, 또는 전진이라 여겨지는 것
>> 09 <<

뒤죽박죽 비스킷
>> 25 <<

열대야
>> 41 <<

담배 나누어 주는 여자
>> 57 <<

골
>> 73 <<

생쥐 마누라
>> 91 <<

요이치도 왔으면 좋았을걸
>> 107 <<

주택가
>> 125 <<

그 어느 곳도 아닌 장소
>> 143 <<

손
>> 161 <<

울 준비는 되어 있다
>> 175 <<

잃다
>> 193 <<

작가의 말
>> 209 <<

옮긴이의 말
>> 211 <<

나는 다카시의 친절함을 저주하고

성실함을 저주하고 아름다움을 저주하고

특별함을 저주하고 약함과 강함을 저주했다.

그리고 다카시를 정말 사랑하는

나 자신의 약함과 강함을 그 백배는 저주했다.

「울 준비는 되어 있다」 중에서

전진,
또는 전진이라
여겨지는 것

오랜만에 타는 리무진 버스였다. 나가사카 야요이는 이틀 전에 전화로 자리를 예약했다.

"공항까지는 보통 한 시간 반이 걸리는데, 길이 막힐 수도 있으니까 두 시간에서 두 시간 반쯤 걸린다고 생각하세요."

담당 직원의 그 말에 아침 7시 15분 버스를 예약했다. 아만다가 탄 비행기는 10시 5분에 도착하니까, 그 정도면 넉넉하리라고 생각했다.

나흘 동안의 유급 휴가는 손쉽게 받아 냈다. 회사란 실적만 있으면 용납해 주는 곳, 이라고 생각했다. 학생 시절에 홈 스테이를 하면서 신세를 졌던 집의 딸이 여름 방학을 이용해서 일본으로 놀러 온다고 한다. 도쿄에 머무는 동안 야요이의 집에 묵기로 했다.

그때 겨우 두 살이었던 아만다가 벌써 열아홉 살이란다.

신주쿠역 서쪽 출구에서 떠나는 리무진 버스는 텅 비어 있었다. 야요이는 제일 뒤 창가 자리에 앉았다. 창틀에 햇빛이 반사되어 눈이 부시다.

사실은, 타인을 집에 재울 수 있는 상황이 아니었다. 야요이는 한숨을 쉬고, 눈가를 가볍게 문질렀다. 손가락이 차갑게 느껴졌다.

어제저녁, 남편이 고양이를 내다 버렸다. 투실투실 살이 찐 잡종 암고양이다. 나이가 꽤 들었는데, 야요이가 잔소리를 하자 남편은 고개를 옆으로 돌리고 말았다. 그 얼굴이 고양이를 버려서 정작 상처받은 사람은 자기라고 말하고 있었다. 남편은 어두운 표정으로 야요이에게 등을 보였다.

고양이는 원래 시어머니가 키우던 것이었다. 그녀가 병원에 입원하게 되어, 삼 주 전에 떠맡았다.

남편에게 어머니의 입원은 큰 타격이었다. 노인성 치매라고 진단 받은 그녀는 불과 삼 주일 사이에 4인용 병실에서 왕초가 되었고, 샛노란 해바라기 무늬가 있는 잠옷을 입고 가발을 쓰고 침대에 앉아 텔레비전을 보면서 밤 양갱을 먹곤 한다.

"어디다 버렸어?"

야요이가 물었다.

"바다에 던져 버렸어."

남편은 그렇게 대답했다.

"어느 바다?"

다시 또 묻자,

"어디든 무슨 상관이야."

남편은 성가시다는 듯 말을 뱉었다. 야요이는 거짓말, 이라고 생각했다. 아무리 그래도 고양이를 바다에 던지는, 그런 짓은 할 리 없다고. 하지만 단박에 자신이 없어졌다. 실제로 고양이는 없어졌고, 남편이 할 수 있는 일과 할 수 없는 일이 무엇인지 어떻게 알랴 싶었다.

사실은 고양이 때문에 폐가 이만저만이 아니었다. 야요이는 애당초 고양이 따위 좋아하지 않았다. 시어머니가 '긴낭'이라 이름 지은 그 고양이는 야요이도 남편도 전혀 따르지 않았다. 그러고는 침대 위에, 갓 빨아 놓은 옷더미 위에 오줌을 쌌다. 소스라칠 만큼 큰 소리로 10분 이상이나 울어 대기도 했다.

"찾으러 나가 봐야겠다."

야요이는 그렇게 말했지만, 정말 그럴 마음이 있었는지 어쩐지는 생각나지 않는다.

　집 안은 조용했다.

　"어디다 버렸는데?"

　다시 물었지만, 남편은 대답하지 않았다.

　고속도로는 한산했고, 버스는 기분 좋게 달렸다.

　"너무 빨리 도착하겠다."

　건너편 앞줄에 앉은 남녀 한 쌍이 손을 마주 잡은 채 그렇게 말하는 소리가 들렸다.

　야요이는 무릎 위에 있는 가방에서 봉투를 꺼낸다. 파란 볼펜으로 쓴 특유의 대문자 글씨체, 뒷면에는 장미꽃 스티커가 붙어 있다. 아만다의 사진을 꺼내서 바라본다. 두 살 때 보고 처음이니, 거의 처음 만나는 것이나 다름없다. 하지만 금방 알아볼 수 있을 거야, 하고 야요이는 생각한다. 가방 속에 봉투를 집어넣고, 창밖을 내다본다.

　"집에서 재울 필요까지는 없잖아."

　아만다의 어머니에게서 편지를 받았다고 말하자, 남편은 그런 반응을 보였다.

　"호텔 잡아 주면 되잖아. 그 아이도 그게 마음 편할 테고."

야요이도 같은 생각이었다. 하지만 거절하면 안 될 것 같았다. 케이트 — 아만다 어머니의 이름이다 — 는 야요이가 딸을 자기 집에 머물게 할 것이라 믿어 의심하지 않았다. 17년 전에, 자신이 2년 동안이나 야요이에게 방을 제공했던 것처럼.

물론 적지 않은 하숙비를 지불했다. 종종 집도 지켰고 아이도 돌봐 주었다. 하지만 케이트의 부탁을 저버릴 수는 없었다.

"겨우 나흘인데 뭐."

야요이는 남편에게 맞섰다.

끝내는 이런 소리까지 했다.

"이건 명예의 문제야."

명예의 문제. 맞는 말이다. 하지만 그 말의 뜻을 남편이 이해하리란 생각은 들지 않았다.

눈부시다.

커브 길에서, 바다 너머로 관람차가 보인다. 야요이는 팔을 이마에 올리고 햇빛을 가린다. 야윈 팔인데, 무겁게 느껴졌다. 왼팔이라 그런지도 모르겠다고 생각한 야요이가 피식 웃는다. 왼쪽 손목에는 남편과 똑같은 고가의 손목시계, 약지에는 다이아몬드 반지와 결혼반지를 두 개나 끼고 있다.

커다란 다이아몬드. 야요이와 남편은, 이런 다이아몬드는 클

수록 좋다고 생각한다. 야심. 야심이야말로 앞으로 나아가게 하는 원동력이다. 부끄러워할 필요는 없다.

하지만, 남편은 고양이를 내버렸다.

야요이는 남편을 싫어하지는 않았다. 지금도 사랑한다고 할 수 있다. 자기보다 나이도 훌쩍 많고 체격도 좋고 명랑한 남자. 밖에 나갈 때는 주로 양복을 입지만 집 안에서는 알로하셔츠를 입는다. 손등에 털이 나 있고, 야요이는 그 털을 만지는 것을 좋아한다. 홀어머니 밑에서 자랐고, 늘 그 아들은 어머니의 자랑이었다. 그리고 야요이에게 여자다운 기분을 느끼게 해 주는 남자다.

어젯밤, 야요이가 목욕을 하고 나오자 남편은 컴퓨터 앞에 앉아 일하고 있었다. 집 안은 조용했다.

"그런 눈으로 보지 마."

야요이에게 등을 보인 채, 남편은 낮은 목소리로 말했다.

"고양이보다 사람의 생활이 더 중요하잖아."

하지만 야요이에게는 그 등이 낯설게 보였다. 고양이는 털이 매끄럽고 발바닥은 싸늘했다.

그건 그래, 하고 야요이는 대답했다. 야요이 역시 고양이에게 넌더리가 나 있었다. 남편을 비난할 자격은 없다. 부엌에서 밀크

티를 만들어, 남편에게 들고 갔다.

"그만 자야지."

말은 그렇게 했지만, 남편의 눈은 볼 수가 없었다.

"왜 그런 얼굴로 보는 거야?"

또 같은 말에, 그만 짜증스런 목소리가 튀어나오고 말았다.

"뭘 어떻게 본다고 그래."

움찔 뒷걸음쳤다. 남편이 팔을 잡고 있었고, 야요이는 자신이 남편을 두려워하고 있다는 것을 알았다.

"당신이 왜 그런 짓을 했는지 모르겠어."

그것이 어젯밤, 야요이가 남편과 나눈 마지막 대화였다.

과거, 야요이는 남편과 함께면 무슨 일이든 할 수 있다고 생각했다. 사실이 그렇기도 했다. 스키, 다이빙, 프로 레슬링 관전까지. 둘이서 시민 대학 강좌를 들은 일도 있었다. 남편은 서양사를, 야요이는 동양사를 들었다.

남편을 잘 모르겠다는 느낌이 언제 싹텄는지, 야요이는 기억나지 않는다.

반년 전에 매력적인 남자를 만났다. 남자는 야요이의 동료로, 한 살 아래였다. 둘이서 몇 번 식사를 같이 했고, 술을 마셨다. 그뿐이었다. 만나면 즐거웠다. 어린 시절 얘기, 사귀었던 남자와 여자 얘기를 나눴다. 하지만 해서는 안 되는 위험한 일이라는 생각이 들었다. 남편에게 부정을 저지르고 있는 듯한 기분이었다.

그래서, 이렇게 말했다.

"이제, 이렇게 둘이 만나는 거 그만두자."

"뜻밖이네요. 물론 상관은 없어요. 선배한테 흑심 같은 거 품고 있지 않으니까."

그때를 생각하면 야요이는 지금도 불쾌한 슬픔에 젖는다. 남자가 그런 말을 해서가 아니라, 그런 말을 들은 자신에게 화가 나서다.

하지만 실은, 벌써 오래전부터 삐걱거렸던 것이다. 늘 뻔한 말다툼과 그 후의 화해. 해결되는 것은 하나도 없다. 지금 야요이는, 슬픈 것은 말다툼이 아니라 화해라는 것을 안다.

괜찮아, 이겨 낼 수 있겠지 뭐.

등받이에 머리를 기대고 천장을 바라보며 생각한다. 지금까지도 그래 왔잖아. 전진, 또는 전진이라 여기고.

버스는 예정보다 한 시간이나 빨리 공항에 도착했다. 짐을 기다리는 사람들을 곁눈질하며 야요이는 경쾌하게 공항 건물로 들어간다. 추울 정도로 냉방이 잘 되어 있다. 사람들이 잔뜩 모여 있는 체크 카운터를 돌아, 처음 눈에 띈 커피숍에 들어갔다.

아만다를 생각한다.

열아홉 살 아만다는 대학에서 물리학을 공부한다고 한다. 고등학생 때 교환 유학생으로 기후현에 온 적이 있지만, 일본 말은 잘 못하는 모양이다.

열아홉 살. 바로 얼마 전의 일처럼 느껴진다. 야요이는 경제학을 전공하는 학생이었다. 아르바이트를 하면서 알게 된 같은 나이의 남자와 사귀었다. 그의 이름은 고바야시. 고바야시는 빨리 결혼하고 싶어 했다. 툭하면 야요이를 집으로 초대해, 자기 엄마와 함께 부엌에서 일하는 모습을 보고 싶어 했다. 고바야시는 좋은 사람이었다. 야요이는 정말 그렇게 생각한다. 인파 속을 걸을 때는 야요이의 등에 팔을 두르고 보호해 주었다. 그리고 계란찜을 좋아했다.

"뭐가 먹고 싶은데?"

야요이가 그렇게 물을 때마다 늘 대답은 같았다.

"계란찜."

그리고 나루미. 나루미는 고등학생 때부터 친구였다. 둘이서 같이 피어싱을 하려고 귀를 뚫었다. 밤이면 같이 싸돌아다녔고, 속옷까지 똑같은 것을 입었다. 나루미는 늘 카메라를 들고 다녔다. 타인의 귓밥이니 복사뼈니, 이상한 것들만 클로즈업해서 찍었다. 카메라맨이 되고 싶다고 했는데, 화장품 외판원이 되었다.

야요이는 대학을 졸업하고 2년 동안 영국에 있는 대학원에 다녔다. 귀국해서는 취직, 그리고 남편을 만났다. 남편은 밝은 사람이었다. 적어도 야요이에게는 그렇게 보였다. 곰처럼 굵은 팔로 야요이를 꼭 안아 주었다.

하지만 남편에게는 남편의 인생이 있었다. 친구와 가족들, 그리고 여자들.

갓 결혼했을 무렵, 니무라란 이름의 여자에게서 간혹 전화가 걸려 왔다. 여자는 눈물 섞인 목소리로, 내 남편과 결혼해야 할 사람은 자기였다고 말했다. 남편은, 옛날 여자라고 설명했다. 벌써 헤어졌다고. 그래서 야요이는 여자에게 말했다.

"놀러 오세요. 나도 만나고 싶어요."

그러나 여자는 혹하지 않았다. 더 이상 전화도 걸려 오지 않았다.

"당신을 모르겠어."

그때 야요이는 남편에게 그렇게 말했다.

"왜 모든 것을 알려고 하지?"

남편은 차분하게 그렇게 말했다.

전진, 또는 전진이라 여겨지는 것.

회사에서 야요이는 남편 못지않은 지위와 보수를 누리고 있다. 수도권에 집이 있고 자동차도 있고, 아이는 아직 없다. 고양이도 없다.

고양이.

주문한 홍차와 케이크가 나왔다. 야요이는 고양이의 모습을 머리에서 떨쳐 내려고 한다. 홍차를 마시고, 케이크를 잘라 한 조각 입에 넣는다. 포크를 내려놓고, 접시를 뒤쪽으로 밀어 놓는다. 어쩌자고 케이크를 주문한 것일까. 퍼석퍼석하고 맛없다는 것을 알 만도 한데.

고양이는 목에 방울이 달려 있었다. 방 한구석에 불안한 듯 몸을 웅크리고 있다가, "긴냥" 하고 부르면 고개를 쳐들고 소리 나는 쪽을 보았다. 조그맣게 방울 소리를 울리면서. 고양이는 지금 정말 물속에 있을까.

문제는, 하고 손목시계를 힐끗 보면서 야요이는 생각한다. 문제는, 고양이의 소재가 아니다. 그것이 거짓말이라고, 확신할 수 없다는 것. 과거의 자신이었다면, 그 사람이 그런 짓을 할 리 없다고 생각했을 텐데.

탑승을 재촉하는 방송이 계속 흐르고 있다. 홍차는 미지근하고, 레몬에서 빠져나온 시큼한 맛만 입에 남았다.

슬슬 도착 로비에 가야겠다. 야요이는 전표를 들고 일어선다.

등을 쫙 펴고 고개를 바짝 들고 빠르게 걷는다. 야요이의 오랜 습관이다. 자신감에 넘치는, 충족된 여자로 보이도록.

주말에는 시어머니를 면회하러 가야 한다. 남편은 어쩌면 또 가기 싫어할지도 모른다.

"보고 싶지 않아."

그렇게 말하면서 야요이에게 선물만 잔뜩 안겨 주리라. 양갱과 향수와, CD 덱과 CD와, 꽃과 잡지와 속옷을.

그러기 전에 아만다 일이 있다. 아만다를 내 집에 재우는 일을, 적어도 케이트는 감사하고 있다.

명예의 문제. 남편에게는 그렇게 설명했다.

도착 로비는 혼잡했다. 출발 로비와는 전혀 다른 분위기, 라고 야요이는 생각한다. 사람을 기다리느라 지친 사람들의 표정. 트렁크를 끌며 유리문 너머에서 불쑥 쏟아져 나오는 볕에 그을린 사람들. 커다란 카트와 면세점 쇼핑백, 짐처럼 안긴 아이들. 수많은 휴대폰. 재회와 스침.

야요이는 인파와는 조금 떨어진 장소에 섰다. 이착륙 표시판을 보았다. 아만다가 탄 비행기가 막 착륙한 모양이다.

하얀 블라우스에 감색 바지. 맨발에 엷은 갈색 모카신. 야요이는 유리문에 비친 자신의 모습을 확인한다. 일과 사생활에 쫓기는 40대 여자치고는 나쁘지 않다. 마스카라와 립스틱도 짙게 발랐으니까, 웃는 얼굴의 윤곽이 선명하게 보이리라.

아만다에게 1층에 있는 다다미방을 쓰게 할 것이다. 청소를 하고 이불도 건조기에 넣어 뽀송뽀송하게 말려 두었다. 타월과 머그잔은 새로 샀다. 과거 케이트가 그랬던 것처럼.

아만다는 금방 알아볼 수 있었다. 사진에서 본 대로 피부색이 하얗고 볼이 통통한 귀여운 아가씨였다. 17년, 야요이는 고개를 젓는다. 아만다도 야요이를 알아본 모양이었다. 야요이가 두 팔을 벌리자, 수줍은 미소를 띠고 뺨을 맞대는 인사로 답해 주었다.

야요이의 눈에, 딸이 케이트를 별로 닮지 않은 것처럼 보였다. 하얀 폴로셔츠에 분홍 면 스웨터, 조그만 보스턴백을 하나 들고, 질겅질겅 껌을 씹고 있다.

묘한 일이지만, 그 모습에 야요이는 자신의 과거를 떠올렸다. 또는 친구였던 누군가를. 아만다를 감싸고 있는 분위기는, 과거 자신들의 것이었다.

"잠깐."

아만다가 말했다.

"이쪽은 제레미. 이쪽은 미세스 나가사카."

아만다 옆에 검정 셔츠를 입은 키 큰 청년이 서 있다.

"그리고."

여전히 질겅질겅 껌을 씹으면서 아만다는 "앤드"라고 발음했다. 그 자리에서 발치에 놓여 있는 보스턴백을 열어 갈색 종이봉투를 꺼낸다.

"이건 엄마가."

사태를 파악하지 못하는 야요이에게 아만다는 어깨를 으쓱하며 미안하다는 듯이 말한다.

"여기까지 나오게 해서 미안해요. 우리 호텔 예약해 놨거든요."

그렇게 말하고는 가슴을 펴고, 머리칼을 귀 뒤로 넘기며 동행인 남자와 손을 잡고 발그스름한 볼에 미소를 띤다. 아직 어린애 같은 체형이다.

"엄마에게는 내가 전화할게요."

아만다가 잘라 말하고는,

"그러니까, 무슨 뜻인지 알겠죠?"

라고 난처하다는 듯 말을 얼버무린다.

야요이는 웃고 싶었다. 웃으면서, 과거 어린아이였던 아가씨에게, 그래 알았어, 라고 말하고 싶어 견딜 수가 없었다. 그것은 거역하기 어려운 충동이었다. 그러고는 둘과 악수를 하고, 엄마한테 꼭 전화해야 돼, 휴가 잘 보내고, 라고 말했어야 했다.

"어제저녁에, 남편이 고양이를 버렸어."

그런데 야요이는 그렇게 말하고 말았다.

"물론 너하고는 관계없는 일이지만, 시어머니 고양이였거든."

아만다는 놀란 표정을 짓고, 야요이는 싱긋 미소 짓는다. 마스카라와 립스틱을 짙게 바른 얼굴로.

그리고 공항 건물에서 나온다. 태양이 바로 머리 위에서 반짝이고 있다. 구깃구깃한 종이봉투 속을 들춰 보자, 허브 차가 들어 있었다.

야요이는 후련한 마음으로 공항을 뒤로한다.

뒤죽박죽
비스킷

그 여름에 나는 막 열일곱 살이 되었다. 물론 젊었지만, 젊다는 것이 유쾌하지는 않았다. 내게는 일곱 살 위인 오빠와 네 살 위인 언니가 있었고, 할 가치가 있는 일과 어른이 놀랄 만한 일은 모두 그들이 앞서 해 버렸다고 생각하고 있었다. 남은 것은 뒤죽박죽 비스킷 같은 것들뿐이라고.

뒤죽박죽 비스킷은 엄마가 생각해 낸 말이다. 코코넛 부스러기, 부서진 아몬드, 말린 과일을 잘라 적당히 섞어 만든 비스킷이다. 입에 넣으면 까끌까끌하고 맛도 복잡해서, 식구들 모두 싫어했다. 수입 과자 통 속에서, 늘 그것들만 마지막까지 남는다.

아버지는 대학교수였다. 엄마는 일은 하지 않았지만, 양재 솜

씨가 뛰어나 가끔 부업 삼아 부탁받은 일을 했다. 계단 층계참에 놓인 미싱과 온갖 색상의 천.

나는 도심에 있는 여자 고등학교에 다녔다. 체육 수업에 무술도 포함되어 있는 진부하지만 고풍스러운 학교였다. 내가 열일곱 살이 된 그 여름, 오빠와 언니는 이미 집에 없었다. 그들은 인생을 개척하고 헤쳐 나가는 다부진 사람들이었다. 지금 두 아이의 아버지로 찻집을 경영하는 오빠는 당시 일정한 일자리 없이 아르바이트를 하면서 이리저리 방랑했다. 집에는 정을 붙이지 못했다. 훗날 치과 의사가 된 언니는 홋카이도에서 대학 생활을 보내고 있었다. 그곳에서 안 남자와 결혼하여 지금도 홋카이도에 살고 있다.

문제아였던 오빠와 우등생이었던 언니, 나는 그들과 달리 소심한 딸이었다.

집에는 부모님과 나, 그리고 시나가 있었다. 시나는 스코티시테리어 수놈이었다. 잇몸병이 있는 데다 만성적인 중이염까지 앓았던 탓에, 늘 입과 귀에서 지독한 냄새가 났다. 열다섯 살 시나는 쭈그렁 할배였다. 오빠와 언니가 버리고 갔다는 점에서는 나나 시나나 같은 신세라고 생각했다.

2층으로 올라가면 바로 왼쪽에 내 방이 있고, 거기에는 책과

레코드와 싸구려 화장품과, 그 또래 여자아이들 방에 있을 법한 모든 것이 있었다. 벽에는 마른 꽃이 걸려 있었다.

"머리 나쁜 여자애 방이네."

언니는 곧잘 그런 말을 했다.

나는 17년 동안 내내 한 동네에서 살았다. 도쿄의 끝, 전철역이 있는 조그만 동네. 도심지도 아니고 그렇다고 전원주택지도 아니다. 해마다 인구는 늘어나는데, 역 앞만 번화하고 안쪽으로 들어서면 주택가와 논밭이 있는 그런 곳. 지금은 다니지 않지만, 그 시절에는 완행열차가 덜커덩덜커덩 달렸고, 차내에서는 기름 냄새가 났다.

무더운 여름이었다.

정육점 집 아들 가와무라 히로토는 초등학교 때 동기였다. 그는 고등학교에 진학하지 않고 아버지의 일을 거들었다. 몸집이 단단한 남자아이로, 남녀가 따로 노는 것이 보통이었던 초등학교 시절부터 남녀 구별 없이 친하게 대하는 드문 존재였다. 눈가에 조그만 흉터가 있는데, 누가 물을 때마다 "사촌 형이 진짜 수리검을 들고 놀러 왔는데, 그것에 맞아 생긴 흉터"라고 꼼꼼하게 설명하는 소년이었다.

"우리 어디 놀러 가자."

오후 늦게, 상점가 한 모퉁이에서 그가 튀겨 내는 크로켓을 사 그 자리에서 오물오물 먹으면서 말했다.

"쉬는 날이 언젠데?"

크로켓은 뜨겁고, 노란 종이봉투에 기름이 점점이 번졌다.

"아무 날이든 상관없어. 어디 갈 건데?"

히로토는 땀방울이 송송 맺힌 얼굴로 대답했다. 그리곤 길고 끝이 시커메진 젓가락으로 커다란 솥 속에 둥둥 떠 있는 크로켓을 뒤집는다.

"드라이브하자. 아빠 차, 빌릴 수 있지?"

나와 나이가 같은 히로토는 물론 운전면허가 없었다. 그런데도 가끔 가게 차를 운전했고, 술을 좋아하는 아빠가 불러내면 술집에서 집까지 대신 운전하는 일도 잦았다. 동네 사람들 모두 그 사실을 알고 있었다.

"안 돼. 누구든 면허가 있는 사람하고 같이 가야지."

"어때서. 액셀 밟으면 자동적으로 움직이고, 브레이크 밟으면 자동적으로 서잖아. 맨날 운전하고 다니면서 그러네."

차에 대해서 아무것도 모르면서 그렇게 그를 꼬드겼다.

"조수석에 앉아서 지도 봐 줄게."

뒤죽박죽 비스킷

어떤 이유에선지는 모르겠지만, 나는 가와무라 히로토에게만은 대범하게 얘기할 수 있었다.

중학교를 졸업한 후, 나는 이따금 정육점에 놀러 갔다. 그래 봐야 크로켓을 튀기는 솥이나 고기가 진열된 유리 케이스 너머로 이런 얘기를 할 뿐이었지만.

내가 살았던 집은 역 남쪽에 있고, 히로토가 일하는 가게는 북쪽에 있었다. 그래서 그를 만나려면 늘 건널목을 건너야 했다. 카랑카랑 요란한 소리가 나는 건널목. 바로 옆에 장어 요릿집이 있어서, 건널목 주변에는 늘 장어 굽는 연기와 냄새가 자욱했다.

가족들은 나를 부짱이라고 불렀다. 갓난아기 때 토실토실해서 그렇단다. 지금 생각하면 별로 달갑지 않은 별명이지만, 늘 그렇게 불렸기 때문에 너무도 자연스러워 저항감은 없었다. 그리고 또 우리 가족들은 포도를 부짱이라고 부르는 습관도 있어서, 나는 포도에 뭔지 모를 친숙함을 느꼈다. 편지를 쓸 때는 서명을 하고 포도를 그려 넣곤 했다. 자신의 트레이드마크처럼.

엄마가 손수 만들어 준 침대 커버도 조그만 포도송이 무늬였고, 아빠하고 백화점에 갔다가 산 포도 그림이 있는 머그잔은 지금도 사용하고 있다.

부짱이라 불렸던 당시 내가 가장 즐겨 읽은 책은 『정글북』이었다. 내내 머리맡에 놓아두고서, 잠들기 전에 들고 읽든지 읽지 않으면 꼭 표지라도 바라보았다.

그런 탓에, 내 눈에는 여고 친구들이 모두 어른스럽게 보였다. 어른스럽고 활발하고 여자답고 진보적으로, 그녀들 중 몇 명은 대학생과 사귀고 있었다. 또 본격적으로 사귀지는 않아도 도서관이나 그 옆에 있는 공원, 카페, 그리고 당시 유행했던 서프 숍(서바이벌 프로젝트 게임방) 같은 데서 얼굴을 익히고, 만나면 얘기를 나누는 인맥을 만들어 나가고 있었다.

내게는 그런 인맥도, 하물며 애인도 없었다. 하지만 그녀들의 권유로 그런 모임에 참가하는 일은 있었다. 삼류 밴드의 라이브를 보러 가기도 하고, 수학을 배운다는 명목으로 모여서 도서관에 가기도 하고, 방과 후에 시내로 나가 마이 타이란 이름의 맛없는 칵테일을 마시기도 했다.

그런 교우 관계 속에서, 귀엽다, 멋있다, 마음이 맞는다, 얘기가 통한다, 그렇게 되면 '만세'였다.

그녀들이 대학생과 사귀는 이유에는 드라이브를 할 수 있다는 것도 있었다. 그래서 상대는 돈 많은 대학생이어야 했다. 조그만 털모자를 쓰고 있거나, 외제 셔츠를 입은 남자들이다. 그들은 하나같이 친절하지만 머리는 나빠 보였다. 또 패스트푸드점보다는 술을 마실 수 있는 카페를 즐겨 갔지만, 술이 세지는 않았다. 테니스보다는 골프를 수영보다는 스키를 잘하는 것 같았다. 그리고 또 하나같이 가족들과 사이가 나빴다.

"마유미는 취미가 뭔데?"

남자아이들은 종종 그렇게 물었다. 음악은 어떤 거 듣는데? 노는 날에는 뭐 하는데? 어떤 질문에도 나는 제대로 대답하지 못했다. 별로, 아무거나 들어, 글쎄, 그렇게. 그리고 나는 내게 말을 건 상대가 후회한다는 것을 알고는 점점 더 견딜 수가 없어졌다.

뒤죽박죽 비스킷.

그들과 함께 있을 때도 나는 종종 그렇게 생각했다.

나는 그때부터 벌써 술이 셌지만, 남자들 앞에서는 가능한 한 마시지 않았다. 남자는 술을 마시는 여자를 싫어한다고 믿었기 때문이다. 그 밖에도 많은 것을 믿었다. 남자가 좋아하는 향수는 휘지나 조이고 머스크를 뿌리면 노는 사람으로 여겨진다는 등등.

나는 그들에게 사랑받고 싶었다. 친절하지만 머리가 나빠 보이는 남자아이들에게.

육체관계를 가질 때, 상대가 처녀면 남자들은 두려워한다는 것도 내가 믿은 것 중에 하나였다. 그래서 정말 좋아하는 남자를 만나기 전에, 그 사람을 위해서 어떻게든 처녀를 버려야 한다고 생각했다. 내게 그 믿음은 정조 관념과 유사한 것이었다.

그날 아침 나는 뜬금없이 가와무라 히로토와 드라이브를 하는데 시나를 데리고 가자고 생각했다. 약속한 대로 아침 8시에 나를 데리러 온 그가 클랙슨을 눌렀을 때, 나는 2층 내 방에서 짧고 곧바른 속눈썹을 뷰러로 올리느라 애쓰고 있었다. 나는 이 날을 위한 옷으로 청바지에 포도 무늬 블라우스 — 이것도 엄마가 만든 것이다 — 를 골랐다. 블라우스의 포도 무늬에 맞춰 보라색 립스틱을 바른 탓에 아마도 창백한, 이상한 얼굴이었을 것이다.

나는 계단을 뛰어내려 와 시나가 늘 웅크리고 있는 거실 소파 밑에서 시나를 끌어내, 여기저기 실이 뒤엉킨 낡은 목욕 타월에 싸안았다.

하늘은 갈고 닦은 것처럼 눈부신 파란색이었다.

"오늘도 꽤 덥겠다. 모자 가져가니?"

현관에서 팔로 햇볕을 가리면서 엄마가 말했다. 공기가 입자마다 빛을 품고 반짝반짝 빛나는 것 같았다.

우리 집은 막다른 좁은 골목 한 모퉁이에 있어서, 문 앞에 서 있는 차가 유난히 눈에 띄었다. 그것은 히로토의 아버지 차가 아니라, 종업원 시게타 씨의 차였다. 시게타 씨의 털털거리는 다 낡아 빠진 감색 차에는 에어컨이 없어, 히로토는 크로켓을 튀길 때처럼 벌건 얼굴에 땀을 흘리고 있었다.

드라이브는 거의 최악이었다.

차 안은 후덥지근하고 이상한 냄새가 났다. 먼지 냄새 같기도 하고, 오래도록 빨지 않은 옷에서 나는 냄새 같기도 하고. 히로토는 잔뜩 긴장한 채 운전하면서,

"저 표지 무슨 뜻일까."

"지금 지나간 거 패싱 라이트인가."

"이상한 소리 안 나?"

하고 내내 신경을 썼다. 땀이 눈에 들어간다고 해서, 결국은 내가 옆에서 닦아 주어야 했다. 땀 때문에 손이 미끄럽다고 하는데 핸들에서 뗄 수는 없으니까, 손은 닦아 주지 못했지만.

카 라디오는 있었지만, 히로토가 라디오를 켜 놓으면 정신이 산만해진다고 해서 켜지 못했다. 말을 거는 것도 조심스러워 나는 지도만 보고 있었다.

자신이 뿌린 씨앗이란 생각은 못하고, 따분한 마음으로 내가

하는 일은 늘 이 모양이라고만 생각했다. 히로토의 운전을 믿지 못한 것은 아니었다. 남자들은 모두 운전을 할 줄 안다고 믿고 있었다.

시나는 차멀미를 해서, 뒷자리에다 두 번이나 토했다. 나는 시나를 무릎에 앉혀 놓고 목과 턱을 긁어 주면서 조그만 소리로 달랬다. 차내 온도는 점점 올라가고, 엄마가 도와줘 만든 도시락에서 나는 냄새가 충만했다.

그렇게 목적지인 바다 — 드라이브하면 바다로 가는 것이라고 나는 믿고 있었다 — 에 도착했을 때, 우리 둘은 파김치처럼 지쳐 있었다. 기분도 별로 좋지 않아, 서로가 말이 없었다. 날씨만 여전히 좋았다.

나는 아무튼 차에서 빨리 내리고 싶었다. 히로토는 가드레일이 있는 갓길에 차를 세우고 크게 숨을 쉬었다. 그러고는 청바지 주머니에서 구깃구깃해진 하이라이트를 꺼내 한 개비 물고 깊이 연기를 들이마셨다. 옆얼굴이 화가 난 듯 보였다.

해변에는 사람이 많았다. 수영을 하려 했던 것은 아니니까 별 상관은 없었다. 알록달록한 수영복과 깔개와 비치백과 비치파라솔과. 사람들의 환성이 정말 꺄악꺄악, 와와 하고 들리는 것은 어째서일까. 아무도 그런 소리를 내지 않는데, 반짝반짝 빛나는 하늘에 소리가 빨려 들어간다.

나는 혼자 차에서 내렸다. 바닷물의 눅눅한 냄새보다 햇볕에 달아오른 아스팔트의 냄새가 더 강한 것 같았다. 바람을 타고 코코넛 오일의 달콤한 냄새도 풍겼다. 가드레일 너머로 내려다보는 바다 풍경은 눈부시고 따분했다. 조금 앞에 서 있는 차에서 요란한 음악이 흘러나왔다.

"안 내려?"

운전석에 앉아 차 문을 활짝 열어 놓고 담배를 피우는 히로토 쪽을 돌아보며 말했다.

"내릴 거야."

히로토는 낮고 가칠가칠한 목소리로 대답하고는 담배를 길가에 버리고 한쪽 발을 내밀어 그것을 짓뭉갰다. 돌아가는 길은 생각하고 싶지 않았다. 나는 더 이상은 차를 타고 싶지 않았다.

시나와 함께 차 주위를 어슬렁어슬렁 걸었다. 시나는 도중에 주저앉아 더는 걷기 싫다고 야옹거렸다.

"저 사람들, 재미있으려나."

수영을 하거나 해변에 누워 있는 사람들을 바라보면서 나는 중얼거렸다.

"재밌겠지."

"그럴까."

내게는 별 재미없게 보였다. 아니, 재밌을 리 없다고 생각했다.

차를 그늘로 옮기고, 그 바로 옆에서 도시락을 먹었다. 소녀 취향의 도시락이 정말 볼품없었다. 맛도 싱거웠다. 도시락을 다 먹자 할 일이 없었다.

우리는 해변으로 내려갔다. 좁은 콘크리트 계단에 조개와 새똥과 말라비틀어진 해초와 끊어진 로프가 뒤엉켜 들러붙어 있었다.

모래는 거뭇거뭇하고 축축했다. 걸으니 신발 바닥에 들러붙어 걸음이 무거워졌다. '물떼새'니 '바다'니, 들을 때마다 슬픔에 몸이 움츠러들곤 했던 동요에 담겨 있는 바다의 그 검고 무거운 모래. 그 무렵의 나는, 외국 사진집에 등장하는 하얀 모래사장이 있는 해변을 한 번도 본 적이 없었다.

시나는 억지로 걸었다. 히로토가 말없이 내 손을 잡았다. 그 손을 뿌리치지 않아 손을 잡고 걷는 꼴이 되었다. 히로토의 손은 따뜻하고 땀이 배어 있었다. 나는 긴장했다. 손을 잡는다는 것은 가슴 설레는 일이 아니었다. 숨 막히고 답답한 일이었다. 빨리 해방되고 싶었다. 그런데도 나는 히로토가 손을 놓아주었으면 하고 바라지 않았다.

우리는 바위가 많아 사람이 적은 곳으로 걸어갔다. 태양이 전 세계를 뜨겁게 비추고 있었다. 내 숨소리와 신발이 모래를 밟는 소리가 귓전을 맴돌았다.

바다는 청회색을 띠고 있었다. 바닷물은 투명하지 않고 칙칙하고 무겁게 보였다. 그러나 가까이에서 보면 믿기 어려울 정도로 빛났다. 온통 빛의 바다였다. 더구나 그 빛은 쉬지 않고 꿈틀거리며 다시 태어나기를 반복했다. 조그맣고 무수한 잔물결 하나하나. 뾰족하고 날카로운 반사 하나하나.

"이제 그만 가자. 시나가 지쳐서 또 토하겠다."

눈부심과 침묵과 잡힌 오른손의 답답함을 견딜 수 없어, 나는 그렇게 말하고 걸음을 멈췄다.

"아아, 공기 좋다."

히로토가 진심 어린 말투로 그렇게 말했다. 나는 그 순간, 해방된 기분이 들었다. 눈을 감아도 무수한 빛은 사라지지 않았다. 여전히 환성도 음악 소리도 들렸지만, 그것들은 멀고 더 이상 귀에 거슬리지 않았다. 정수리가 뜨겁고, 나는 자신의 손발과 몸의 무게를 기분 좋은 것으로 느꼈다. 사소하고 현실적인 어떤 것으로.

돌아갈 때는 손을 잡지 않았다. 시나를 안고 말없이 걸었다. 아직 한낮인데, 우리는 그대로 차를 타고 왔던 길을 되돌아갔다. 운전하는 히로토는 역시 불안해했다. 두 번이나 길을 잘못 들었다. 이번에도 라디오를 켜지 않았다. 히로토의 눈가 흉터가 빨갛게 부어오른 듯 느껴졌다.

결국은 모든 것이 즐겁지 않았다. 우리는 할 일도, 할 얘기도 없었다. 히로토와 같이 어디를 가기는 그날이 처음이자 마지막이었다.

그 후 나는 대학에 갔고, 친구가 생겼고, 애인도 생겼다. 가끔 드라이브도 했다. 더 이상 세계는 뒤죽박죽 비스킷 같지 않았다.

"나, 어렸을 때 부짱이라고 불렸었다."

남편에게 그렇게 말한 적이 있다.

"열일곱 살 때, 남자하고 처음 데이트했고."

하지만 그 말은 말이 되는 순간에, 내가 하고 싶었던 말 — 말하려고 했던 것, 아무래도 상관없는, 또는 별 재미없었던 나날들 — 과는 전혀 다른 무엇이 되고 만다.

무엇 하나 유쾌한 일이 없었다. 아무것도. 아름답지도 푸근하지도 않았다. 그런데도 늘 생각나는 것은, 그 여름날의 일이다. 유난히 날씨가 좋았고, 내가 침울한 여자아이였다는 것. 정육점에서 일했던 가와무라 히로토. 보라색 립스틱. 엉뚱한 것만 믿는 열일곱 살짜리 여자애였다는 것.

열대야

아키미가 일을 끝내고 돌아왔을 때, 나는 여전히 점토를 주물럭거리고 있었다. 점토로 거의 오브제 같은 인형을 만드는 것이 내 일이다.

"어서 와."

작업대 앞에 앉아 손을 움직이면서 나는 말한다. 그리고 온몸으로 아키미의 기척을 음미한다. 아키미는 다녀왔어, 라고 말하고 내 정수리에 입을 맞춘다. 아키미에게서 바깥 냄새가 난다.

"밖이 무지 더워. 오늘 하루 잘 지냈어?"

몸을 비틀어 입술을 돌려 주고, 그럭저럭, 하고 나는 대답한다. 에어컨을 켜 놓아 차가운 내 피부에 아키미의 땀이 살짝 묻는다.

친구 집에서 있었던 파티에서 아키미를 만난 지 3년, 같이 살기 시작한 지 1년이다. 나는 아키미를, 아키미는 나를, 아마도 자기 자신 이상으로 사랑하리라.

"저녁밥은 어떻게 할래? 나가서 먹을까?"

우리는 종종 외식을 한다.

"식욕이 별로 없어."

나는 그렇게 말했지만, 아키미가 걱정할 것을 뻔히 알고 있으니까 어쩌면 어리광인지도 모르겠다.

"점심때는 뭐 먹었는데?"

"복숭아."

나는 대답했다. 아키미는 입을 꼭 다물어 보인다.

"그럼 안 되지. 잘 챙겨 먹어야지. 불갈비 먹을까? 우리 육식성인 거, 기억하고 있지?"

"좀 참아 줘."

아키미는 고개를 으쓱했다. 성가시다는 듯 긴 머리칼을 뒤로 넘긴다. 그리고 샤워를 하러 간다.

나는 일하면서 내내 켜 놓는 CD — 오늘은 리키 리 존스를 듣고 있다 — 를 끄고 아키미의 가방을 바라본다. 나는 아키미가 집에 있는 시간을 정말 좋아한다. 그녀가 일하러 나가지 않으면 좋겠는데, 하고 생각한다. 목욕탕에서 세찬 물소리가 들려온다.

결국 우리는 저녁을 집에서 간단히 먹고, 동네 술집으로 맥주를 마시러 나갔다. 아키미가 그러자고 주장했기 때문이다.

우리의 주거 겸 일터인 조그만 아파트는, 오래된 주택가에 있다. 하지만 10분 정도 걸으면 번화가가 있고, 거기에는 술집이 아주 많다. 술집과 중고 레코드 가게와 불갈비 집이 많은 거리다. 막 시작된 밤, 군청색 하늘을 이고 나와 아키미는 나란히 걸었다. 대중 사우나와 백 엔 숍이 즐비한 상점가를 걸어 역으로.

"우리, 노래 부를까?"

아키미가 물었다. 나는,

"아니."

라고 대답했다.

아키미는 걸으면서 노래하기를 좋아한다. 어렸을 적 말없이 걷는 것이 무슨 수행처럼 고통스러워, 노래하면서 걸으면 목적지에 빨리 도착한다는 것을 '발견'했다고 한다. 그때부터 걸으면서 노래하는 것을 좋아하게 되었다고, 언젠가 얘기해 주었다.

나와 아키미는 알게 된 지 이제 겨우 3년이지만 서로의 과거를 꽤 시시콜콜 알고 있다. 태어난 곳과 가족, 좋아하고 싫어하는 것, 머리 스타일과 옷의 변천사, 친구 한 명 한 명, 여행한 장소

등, 온갖 얘기를 나누었다. 사소하지만 나 또한 거기에 있었다고 분명하게 느껴지는, 고독한 자장磁場이 손에 손을 맞잡고 이어져 있었던 일들.

3년 전 어느 날, 나는 다섯 살의 아키미와 열일곱 살의 아키미를 동시에 만났다. 그렇게 생각한다. 물론 아키미도 일곱 살의 나와 스무 살의 나를 환영해 주었다. 잘 왔어. 아마도 그렇게 말하면서. 우리는 좁고 어둡고 술의 종류가 풍부한 술집을 골랐다. 카운터 자리에 나란히 앉아서, 각자 맥주를 주문한다. 우리는 둘 다 맥주를 좋아한다. 저녁밥을 먹은 후에 마시는 맥주는 특히.

"그런데 말이지."

아까부터 아키미는 아사이 씨네 가족 얘기를 하고 있다. 아사이 씨는 아키미가 일하는 모터사이클 가게의 주인이다. 아내도 그렇고 초등학교에 다니는 아들까지 재미있고 인상이 좋은 모양이다. 아내가 실수를 했느니 부부 싸움을 했느니 아들의 담임 선생님이 가정 방문을 왔느니, 그곳에는 매일 어떤 사건이 있어 아키미는 그 점을 흐뭇해하는 것 같다. 부부가 야자와 에이키치의 팬이라서, 계산대 옆에 커다란 포스터가 붙어 있다고 한다.

아키미 자신도 오토바이를 탄다. 때로는 나를 뒷자리에 태우고 밤의 고속도로를 질주한다. 우리는 하얀 바탕에 빨간 줄이 있는 똑같은 헬멧을 갖고 있다.

"건배."

맥주가 나왔다. 우리는 조그만 잔을 마주친다. 아키미는 샤워를 한 후라 맨얼굴이다. 하얗고 촉촉한, 갓난아기 같은 얼굴, 긴 머리칼이 아직도 젖어 있다.

어두운 술집 안에서 아키미만 생기발랄하고 아름답고, 나는 아키미란 존재에 감사하는 마음으로 가슴이 벅차오른다. 내내 지금 이대로, 그녀를 보고 있고만 싶다고 생각한다.

"그래서?"

아키미가 빙글 스툴을 돌려 나를 똑바로 쳐다본다. 그 눈빛이 신나 보인다.

"말해 봐. 뭐가 불만인데?"

한쪽 팔꿈치를 카운터에 대고, 손으로 머리를 받치고 있다. 현실이라 여겨지지 않을 만큼, 정말 아름답다.

"불만 없어."

나는 미소 지으며 대답했다가,

"아니면, 전부."

라고 바꿔 말한다.

"우리 지금, 막다른 골목에 있는 거야."

심정을 토로했는데, 내 목소리는 느긋하고 차분해서 달콤한 속삭임으로 들린다. 막다른 골목. 실제로 우리는 막다른 골목에 와 있다. 아무리 서로를 사랑해도, 더 이상 앞으로 나아갈 수는 없다. 결혼도 이혼도 없지만, 임신도 낙태도 없다. 바라는 모든 것은 이루어졌다. 하지만 나는 더욱더 아키미를 원한다. 아무도 아키미를 보아서는 안 되고, 아키미 역시 나만 봐야 한다.

아키미는 소리 내어 웃으면서,

"치카 너, 바보네."

라고 말했다.

"정말 좋아해."

라고 말하고,

"사랑해."

라고 말하고, 내 무릎에 손을 올려놓고 재빨리 체중을 옮기면서 입술에 힘주어 키스한다. 차갑고 부드러운 입술.

"이렇게 같이 있잖아."

우리는 서로를 똑바로 쳐다본다. 쳐다보면서 나는,

"알아."

라고 대답한다. 대답해도, 우리는 시선을 돌리지 않는다. 사랑해 사랑해 사랑해, 라고 아키미가 눈으로 말한다. 당당하고 반듯하게. 내가 기뻐하며 웃어 주기를 기다리고 있는 것이다. 그리고, 나는 그 눈빛을 따라 웃고 만다.

아키미는 만족하고 맥주를 마신다. 잔 너머로 여전히 나를 쳐다보면서.

"시원한 맥주도 맛있지만, 약간 김빠진 맥주도 맛있잖니? 밤늦게 마실 때는 특히."

라고 말한다.

"도쿄의 밤공기 같은 감촉이야."

라고.

"난, 치카의 짧은 머리가 좋아."

아키미가 말하고 내 목덜미에 드리워진 머리칼을 쓰다듬는다.

"날씬하고 다부진 몸도, 몸에 비해선 풍만한 가슴도, 사고방식도, 일할 때의 뒷모습도."

"그만해."

부끄러워진 내가 말을 막는다.

"달콤한 말은 놔뒀다가 기념일에 써."

들어 봐, 라면서 아키미가 말을 계속한다.

"언젠가 치카가 나이가 들어 늙든 머리칼이 어떻게 되든, 뚱뚱해지든, 반대로 가슴이 쭈그러들든, 그래도 난 치카를 좋아할 거야."

내가 그 말을 충분히 이해하도록 짬을 두고는, 아키미는 다시 묻는다.

"그래도 불만이야?"

"아니."

나는 그렇게 대답하는 순간, 뭔가를 잃어버린 듯한 답답함에,

"그게 아니야."

라고 말했다. 숨을 들이쉬고, 숨을 내쉰다. 그리고 뭐라고 설명하려 한다.

"가령 지금 큰 지진이 일어나서, 나하고 너만 남고 다 죽는 거야. 나하고 너만 남아. 그랬으면 좋겠어."

아키미가 어리둥절해한다.

"다?"

"응. 우리 부모 형제, 친구들, 요코, 이 술집 주인, 저기 앉아 있는 손님들, 아사이 씨네 가족들도, 모두모두."

요코란 우리를 만나게 해 준 친구의 이름이다. 아키미는 잠시 생각하고서,

"상관없어."

라고 말했다.

"난, 그렇게 돼도 상관없어."

"거짓말."

나는 그렇게 말하지만, 지금 여기서는 한 톨 거짓 없는 진실이라는 것을 알고 있다. 그래서 또, 막다른 골목, 이라고 생각한다.

사랑해, 라고 먼저 말한 것은 아키미였다. 요코네 집에서 처음 만난 다음 날 또 만났다. 하루건너 그 다음다음 날 만나고, 또 그 다음 날 만나고. 당시 내게는 애인이 있었다. 그런데도 아키미가 보고 싶어 견딜 수가 없었다. 만나면 즐겁고, 우린 자유라고 생각할 수 있었다. 세계의 밖으로 나갔다고 생각했다.

학생 시절에, 몇 번인가 남자와 데이트를 한 적이 있다. 하지만 그 후에는 나의 믿음이나 정열이 남자를 향한 적이 없다.

아키미의 주장은 전혀 달랐다. 아키미는 성의 구별 따위 이미 없다고 한다. 그녀는 과거 몇 년 동안 결혼 생활을 한 경험도 있고, 남자도 멋있다고 한다. 하지만 지금은 나를 가장 좋아한다고. 우리에게는 항상 '지금'밖에 없다.

"있지."

안주로 나온 땅콩을 집어 먹으면서 아키미가 말했다.

"오키나와에서 있었던 일, 기억해?"

"물론."

우리는 또 서로를 쳐다보았다. 왠지 그러고 싶어서 잔을 짤그랑 맞춘다.

"우리, 세계 밖에 있었어."

그때의 압도적인 자유와 행복을 떠올리고, 후후 웃으면서 나는 말했다.

"치카는 처음에는 가고 싶어 하지 않았지."

"배신이니까."

또 미소 지으며 말한 나는, 그때 그 일은 틀림없는 배신 행위였는데, 지금 이렇게 웃으면서 얘기할 수 있는 현실에 스스로 놀란다. 사람이 한 곳에 머물지 않는다―사랑조차―는 것은 얼마나 잔인한 일인지 모르겠다.

"고기 참 많이 먹었지."

"육식성이니까."

그리고 마음껏 사랑을 나누었다.

"그때 맥주도 마셨지, 우리."

"레스토랑에서, 술집에서, 밤의 해변에서."

"그 술집, 오두막이었어. 억새풀인지 짚인지 바나나 잎인지 모르겠지만, 아무튼 식물로 지붕을 얹은 오두막이었어. 동네 청년인 듯한 남자가 혼자서 셰이크를 흔들었고."

"기억나."

아키미는 가슴이 훤히 드러나게 패인 드레스를 입고 있었고, 그 동네 청년인 듯한 남자는 쉴 새 없이 말을 걸었다. 장소가 장소인 만큼 피부를 노출한 여자가 많았지만, 아키미의 우아함은 유독 눈에 띄었다.

"나 그때, 치카하고 같이 있는 게 얼마나 자랑스러웠는지 몰라. 치카는 그곳에 무척 잘 어울렸어. 동물 같았어. 깨끗하고 성실한 동물."

아키미가 갑자기 조용해졌다. 아마도 나와 같은 기억을 떠올리고 있으리라고 생각했다. 호텔로 돌아가서의 일을.

"들어 봐."

잠시 후 아키미가 말했다.

"그때하고, 아무것도 변하지 않았어."

나는 아마도 행복한 것이리라. 이 사람을 만나, 이 사람과 살고 있다. 오키나와에서 주운 조개껍질과 산호는, 지금도 내 일터에 놓여 있다.

"나는 치카를 아주아주 좋아해. 그러니까 마음대로 사랑한다고 말해도 괜찮아."

그래도, 하고 말을 꺼내면서 울음이 터져 나올 것 같았다. 황급하게 잔을 비우고, 세 잔째 맥주를 주문한다.

"그래도, 뭔데?"

나는 고개를 옆으로 저으며 자존심과 수치심을 한껏 그러모아,

"아무것도 아니야."

라고 대답한다. 대규모 지진을 일으켜 온 세상 사람들을 다 죽일 수 없다면, 생각해 봐야 소용없다. 이 세상에서 살아갈 수밖에.

"인생은 연애의 적이야."

나는 마지막 한마디로 아키미에게 못을 박는다.

"무슨 말인지 잘 모를 테지만."

아키미는 웃지 않았다. 어리둥절해하지도 않았다.

"알아."

라고 말하고는 스툴에서 내려왔다.

"가만히 있어."

아키미는 내 뒤에 서서, 등을 꼭 껴안고 어깨 너머로 볼에 볼을 댄다.

"인생은 위험한 거야. 거기에는 시간도 흐르고, 타인도 있어. 남자도 있고 여자도 있고 강아지도 있고 아이도 있고."

나직한 목소리로 속삭이자, 나는 근거도 없이 안심하려 한다.

"그래 나는 어쩌면 좀 사교적인지도 모르겠다."

아키미의 머리카락이 내 목에 닿는다. 그것은 부드럽고 가볍고, 이미 젖어 있지도 축축하지도 않다.

"하지만 그냥 그럴 뿐이야."

의지와는 달리 내 피부가 아키미의 피부를 음미하려 한다. 과거도 미래도 없이, 오늘 밤, 꼭.

"그리고 말이지."

후후, 웃음소리를 흘리며 아키미가 말했다.

"우리 위험한 거 좋아하지 않았나? 잊어버렸어?"

언젠가, 하고 나는 생각한다. 언젠가, 우리는 헤어질지도 모르고, 헤어지지 않을지도 모른다.

나는 이미 아키미가 아닌 인간은 모두 가슴속에서 죽여 버렸다.

"기분, 괜찮아졌어?"

응, 이라고 대답할 수밖에 없었다.

술집 사람에게 부탁하여, 우리는 세 잔째 맥주를 잔째 들고 집으로 돌아갔다. 잔을 내일 돌려주겠다면서 아키미가 교섭했다.

"걸으면서 노래하는 것도 좋아하지만, 걸으면서 마시는 것도 좋아하거든."

아키미가 그렇게 말한다.

"양쪽 다 할까?"

"응."

우리는 손을 잡고 조그만 소리로 노래하면서 걸었다. 그리고 가끔씩 맥주를 마셨다. 무더운 밤이었다. 맥주는 뜨듯미지근하고, 질고 부드러운 맛이 났다.

"열대야인가 보다."

"응, 열대야야."

한 번, 멈춰 서서 진한 키스를 나누었다. 맥주는 미지근한데, 입술은 차갑고 신선한 맛이 났다.

"오키나와에서도 열대야였는데."

"그래, 열대야였어."

"사랑해 사랑해 사랑해."

나는 그렇게 말하고, 기쁜 마음에 달리고 싶어진다.

"치카, 꼭 어린애 같다."

아키미가 배시시 웃는다.

"아, 행복하다."

우리는 서로 그렇게 말한다. 하늘은 이미 군청색이 아니고, 그렇다고 검정색도 아니다.

"내내 이대로였으면 좋겠다."

내가 말하자,

"내내 이대로야."

라고 아키미가 말한다. 그리고 둘이서 함께 웃음을 터뜨린다.

"속 들여다보인다."

라고 비난도 한다.

아파트로 돌아가면 우리는 꼭 껴안고 잠들리라. 아마도 오늘 밤은 섹스도 하지 않고, 그냥 딱 달라붙어 잠들리라. 남자가 있고 여자가 있고 강아지가 있고 아이도 있는 이 세상 한 귀퉁이에서.

"담소 중이신데 잠깐 실례합니다. 손님, 혹시 담배를 피우시나요?"

부드러운 목소리에 우린 입을 다물었다. 갑작스러운 일이라 뭐라 대꾸하면 좋을지 몰랐다. 어두컴컴한 술집의 테이블 앞에서.

은색 점퍼에 하얀 미니스커트에 하얀 야구 모자를 쓴 키 큰 여자 둘이 서 있었다. 둘 다 선이 또렷한 얼굴, 한 명은 검고 긴 스트레이트 머리, 다른 한 명은 갈색으로 물들인 짧은 머리 스타일이었다.

그때 우리는 네 명 중 셋이 담배를 피우고 있었다. 조그만 재떨이를 일부러 두 개나 부탁했고, 테이블 여기저기에는 담배가 널려 있었다. 그런데 왜 그녀들이 그런 질문을 하는지 알 수 없었다.

게다가 우리는 담소 따위 하고 있지 않았다. 남편은 드러나게 빨리 돌아가고 싶어 했고, 유리는 당장이라도 울음을 터뜨릴 듯 울상을 짓고 있었다. 하지만 아무튼 그녀들은 다가왔고, 대답을 들을 때까지는 거기에 그렇게 서 있을 모양이었다.

"피우죠. 보시다시피."

결국은 아키히코 씨가 그렇게 대답했다. 손을 살짝 들어 올려 지금 피우고 있는 담배를 보여 주면서.

그녀들은 동시에 화사하게 미소 지으며,

"지금 신제품 캠페인을 하고 있거든요."

라고 말했다. 우리는 모두 신제품에는 관심이 없었지만 아무튼 그녀들을 지켜보았다.

남편은 내가 앉은 의자 등받이에 팔을 두르고 있었다. 그렇게 하면 내가 좋아한다는 것을 알고 있어서다. 테이블에 놓여 있는 양초는 희뿌연 빛을 내며 타고 있었다.

그녀들은 손에 든 바구니에서 신제품을 꺼내 테이블에 놓으면서, 빈 곽의 포인트를 모으면 뭐에 당첨이 된다는 둥 설명했다.

"아아, 이제야 알겠군."

아키히코 씨가 그렇게 맞장구를 쳤다. 유리가 내 얼굴을 쳐다보았지만, 그게 무슨 신호인지는 알 수 없었다.

그리고 그녀들은 가 버렸다. 다른 테이블로. 화사하게 미소 띤 얼굴로.

"그런데, 무슨 얘기 하다 말았더라."

아키히코 씨가 말했다.

나와 유리의 아버지는 서로 친구다. 내가 태어났을 때부터 가족끼리 만났다. 우리 아버지는 운전을 못해서, 내가 태어났을 때 퇴원하는 엄마와 나를 데리러 달려와 준 사람은 유리의 아버지였다. 동생을 낳느라 유리 엄마가 입원해 있는 동안에는 유리와 유리의 오빠가 우리 집에 묵었다.

여름 방학에는 같이 바다로 놀러 갔고, 겨울 방학에는 스키를 타러 갔다. 부모들끼리 어느 쪽 집에서 마작을 하느라 밤을 새울 때면, 아이들은 그 집 2층에 있는 아이들 방에서 함께 잤다.

유리의 아버지는 꿩 사냥이 취미라서, 마당에 울타리를 치고 포인터를 키웠다.

작년에 우리 엄마가 돌아가셨을 때는 유리가 나보다 서글프게 울었다. 살아 계셨을 적에 유리는 우리 엄마를 이모라고 불렀다.

"그러니까, 당신은 아무것도 모른다니까."

유리가 말하자, 아키히코 씨가 고개를 움츠린다.

"같은 걸로."

남편이 웨이터를 불러 빈 잔을 가리켰다. 남편과 아키히코 씨는 솔티 도그를, 나와 유리는 진 토닉을 마시고 있다.

"아무것도라니, 구체적으로 말해 봐."

아까부터 대화가 제자리걸음을 하고 있는 것 같아, 내가 물었다. 유리는 나를 쏘아보더니, 금방 마음을 고쳐먹고,

"내가 생각하는 것, 느끼는 것 모두."

라고 대답했다. 남편이 의자에서 자세를 바꿔 앉으며, 이제 진저리가 난다는 뜻을 전했다.

나는 스물일곱 살에 결혼하고 이혼하고, 서른다섯에 지금의 남편과 재혼했다. 아이는 없고, 반려동물도 기르지 않는다. 재혼한 지 4년이 지난 지금 적어도 평온한 나날을 보내고 있다.

유리는 연애 경험은 많지만 서른일곱이 되도록 독신을 고수했다. 그런데 아키히코 씨를 만나 독신의 성이 무너졌다.

"가령 이가 빠지고 머리가 희어져도 우리는 같이 수프를 먹을 수 있었으면 좋겠어."

그 무렵 유리는 나와 남편에게 그런 말을 곧잘 했다. 즈시에 있

는 호텔 테라스에서, 우즈미야의 골프장 필드에서.

"강아지도 키우고 싶고, 아이도 손자도 보고 싶어."

유리는 아키히코 씨와 결혼해서 에비스에 있는 아담한 아파트를 빌렸다. 아키히코 씨는 제약 회사에 다니고 있다. 화학 연구원이라서 학회도 있고 출장도 많다. 유리는 그때마다 늘 따라다녔다.

"유리 네가 다시 일하는 건 어떻겠니?"

내가 말했다. 유리는 대규모 섬유 회사에 사무직으로 취직하여 많은 실적을 올렸고, 시험을 치러 승진했다. 원래가 노력하는 체질이다. 직함도 생겼고 수입도 늘었는데 그녀는 미련 없이 일을 그만두고 말았다. 나는 아쉬웠다.

"어떤 일?"

유리는 얼굴을 흔들어 앞 머리칼을 올리고는 두 손으로 진 토닉 잔을 들었다.

"나는 아야 같은 전문 기술이 없잖아."

나와 남편은 둘 다 회계사이다. 조그만 사무소를 공동 경영하고 있어서 직장에서나 집에서나 늘 함께다.

"전문적인 일일 필요는 없잖아?"

나는 그렇게 말하고 치즈를 한 조각 집어 먹었다. 선명한 오렌

지색의 미몰레트 치즈.

"얘기의 핵심은 그게 아니잖아."

남편이 말하고는 또 자세를 바꿔, 이번엔 앞으로 몸을 숙인다.

"그럼 핵심이 뭔데?"

내 질문에 아무도 대답하지 않았다.

"그 여자 때문이라니까."

유리의 말투가 갑자기 거칠어지자, 아키히코 씨가 과장스럽게 몸을 뒤로 젖혔다.

"또 그 얘기야."

유리가 가느다란 눈썹을 치켜올린다.

"알았어. 이제 들추지 않을게."

유리를 쳐다보는 우리 모두 안도한다.

"하지만, 내가 용서할 수 없는 것은 그때 아키히코 씨가 한 말이지 실수 그 자체가 아니야."

"언제?"

아키히코 씨가 묻자,

"그러니까 그때."

라고 유리가 대답한다.

"그러니까 어떤 말이냐고 묻잖아."

내게는 그것이 어떤 말인지가 문제가 아니었다. 아키히코 씨가 결혼한 지 반년도 되지 않아 부하 직원과 육체관계를 가졌고, 그 사실을 안 유리가 이혼 서류에 도장까지 찍어 들이민 그때 일은 명백하게 아키히코 씨에게 잘못이 있는데, 그가 오히려 짜증스럽다는 말투로 어떤 말이냐고 묻는 것이 기묘하게 느껴질 뿐이었다.

"그만 됐어."

유리는 성질이 나 고개를 돌리고 만다.

"여기, 난방을 너무 틀어 놨나 보다."

유리는 그렇게 말하고 스웨터 깃을 잡아당겼다. 나는, 좀 그렇지, 라고 대꾸하고는 그 스웨터 잘 어울린다고 덧붙인다. 유리는 감색 마린 스웨터에 물 빠진 청바지를 입고 있다.

"뭐가 됐어. 그런 말까지 했으면 다 말해야지. 신경 쓰이잖아."

아키히코 씨가 말하고, 솔티 도그를 단숨에 들이키고는 잔을 높이 들어 한 잔 더 달라는 신호를 보냈다. 나는 나와 유리에게도 진 토닉을 한 잔씩 더 갖다 달라고, 웨이터에게 눈짓했다.

"이 사람, 나하고 헤어져도 좋다고 그랬어."

유리가 결국 그 말을 뱉었다.

"그게 아니지."

아키히코 씨는 성난 표정으로 부정했지만, 나는,

"너무했다."

하고, 생각한 대로 말해 버리고 말았다.

다른 테이블 여기저기서 낮은 박수 소리가 일었다. 돌아보자 구석에 놓인 그랜드 피아노 앞에 여자 피아니스트가 앉는 참이었다.

"나는 무엇이든 하겠다고 했어. 다시는 실수하지 않겠다고 맹세했고, 그걸 지금 실천하는 중이고. 그녀하고는 헤어지고 말고 할 관계도 아니었지만, 아무튼 깨끗하게 헤어졌고, 손이야 발이야 빌었는데, 그래도 당신이 용서 못 하겠다고 하니까 할 수 없이 당신 하고 싶은 대로 하겠다고 한 거지."

곡명은 모르지만, 낭만적인 스탠더드 재즈가 흐르기 시작한다.

유리는 고개를 돌리고는 담배를 물고 불을 붙인다. 열심히 빨아들이고 연기를 뱉어 내고.

"하지만, 보통들 어떻게 하고 싶냐고 묻나? 그리고 내가 헤어지고 싶다고 그랬다고, 정말 그러고 싶냐고 묻느냐구?"

"물어봤을 뿐이잖아."

아키히코 씨는 두 손을 활짝 펼치며 말했다.

나는 술기운이 오른 듯한 기분에 진 토닉 잔에 손가락을 집어

넣고 라임을 꺼내 과육을 깨물었다.

"하코네에서 있었던 일, 기억해?"

갑자기 생각난 내가 유리에게 물었다.

"하코네에서, 유리 부모님이 요란뻑적지근하게 부부 싸움 했을 때 말이야."

아아, 하고 유리가 미소 짓는다.

"기억하지. 초등학교 3학년 때 여름, 한밤중에, 아이들은 자라고 했지만 무서워서, 아빠는 버럭버럭 고함을 지르지 엄마는 울지."

먼 밤의 일이 생각나, 나와 유리는 자연스레 명랑한 말투로 조잘거렸다.

"결국에는 아야네 엄마가 잔을 깼지. 일부러 바닥에 떨어뜨려서, 쨍그랑 하고 말이야."

유리가 얘기를 계속한다.

"나 그때, 만약 아빠하고 엄마가 이혼해서 내가 천덕꾸러기 신세가 되면 아야네 집에서 맡아 주려나, 하고 생각했었다."

"왜 천덕꾸러기가 되는데?"

"글쎄, 모르겠지만, 그냥."

남편이 화장실에 가려고 일어섰다.

"그 별장 아직 있어?"

내가 묻자, 유리는 고개를 저으며 진 토닉을 한 모금 마시고,

"벌써 오래전에 팔았어."

라고 말했다.

"박제된 꿩이 몇 마리나 있었잖아. 나 그거 만지는 거, 꽤 좋아했는데."

그리고 우리는 잠시 침묵하고서, 각자의 술을 마셨다.

취기가 도는 머리로, 나는 또 전혀 다른 생각을 하고 있었다. 아키히코 씨를 만나기 전에 유리가 열을 올렸던 남자다. 그는 어느 대학의 조교수로 유리를 리리라고 불렀다. 리리. 나는 처음 한동안은 그 별명을 들을 때마다 웃었다.

그의 취미는 서핑, 그래서 유리도 서핑을 시작했다. 덩달아 나도 시작했고, 우리 셋은 종종 바다를 찾았다. 내가 이혼한 직후였으니까, 아마도 나를 배려한 것이리라. 조교수는 중고 폭스바겐을 몰았다. 우리는 그 코딱지만한 차를 타고 이리저리 바다를 찾아다녔다.

내게 그 두 사람은 서로를 무척 사랑하는 듯이 보였다. 실제로도 사랑했으리라. 친절하고 성실한 남자였다. 어머니와 둘이서 산다고 했다.

그 남자와 헤어지자 유리는 서핑을 그만두었다. 나는 그 후에도 한동안 계속하다가 결국은 그만두었다.

불현듯, 지금 유리 옆에 앉아 있는 사람이 그 남자가 아니라는 것이 이상하게 느껴졌다. 아니, 학생 시절에 유리가 꼬박 4년을 사귀면서 꼭 결혼할 것이라고 선언했던 남자가 아니라는 것이 이상했다.

지금 화장실에 있는 남자가 내 과거의 남편과 다른 사람이라는 것도, 아키히코 씨 옆에 앉아 있는 여자가 그의 첫 번째 부인 — 유리는 두 번째다 — 이 아니라는 것도, 그리고 여기 앉아 있는 내가 남편과 12년을 사귀다가 헤어진 교토 출신의 — 그런 여자가 있었다 — 여자가 아니라는 것도.

"나 좀 취한 것 같다."

나는 그렇게 말하고 남은 진 토닉을 다 마셨다.

남편은 화장실에서 돌아오자마자, 자기가 마실 솔티 도그와 나를 위해 진 토닉을 다시 주문했다.

"좀 생각해 봤는데, 그거, 이해는 가."

나의 남편은 매력적인 사람이지만, 늘 말이 어설프다.

"그거라니?"

라고 되묻지 않으면 안 된다.

"헤어져도 좋다고 말하는 거."

우리 세 사람은 천장을 올려다보았다.

"또 그 얘기야?"

남편이 내 허벅지를 만지면서, 끝까지 들어 봐, 라고 말한다.

"벌써 몇 년 전 일인데, 이 사람이 전남편한테 헤어지면 되지 않느냐고 하는 소리를 들었을 때는 정말 놀라웠어. 전화에 대고, 자기 남편한테 말이야."

"아니, 여보."

나는 말했다. 아키히코 씨가 눈길을 우리에게 돌린 채 한 손을 들어 자기네 부부의 술을 주문한다.

"그건 그 사람이 이혼을 망설이니까, 어디 한번 해 보자고 부추긴 게 아니야. 끝내 견디기 힘들면 그때 가서 헤어져도 된다고 한 소리야."

이혼 후, 나와 전남편은 기적 같은 친구 관계를 유지하고 있다. 내가 전화로 조언을 한 덕분은 아니겠지만 그도 무사히 재혼하였고 ─ 나와 남편은 그 결혼식을 보러 갔다 ─, 지금 그 부인과 살고 있다.

"견디기 힘들면 헤어지면 된다고, 이 여자는 그렇게 생각하나 싶어서 좀 충격이었지."

유리가 우리를 쳐다보면서 치즈 접시에 손을 뻗는다.

"그건 좀 맛이 강해, 가운데 있는 게 맛있어, 마늘 크림 치즈라서."

아키히코 씨의 목소리가 들렸다. 유리는 먹지 못하는 치즈가 있는데, 자기 자신은 그게 어떤 치즈인지 판단하지 못한다.

"그건 전혀 얘기가 다르잖아?"

나는 말했다.

"그건 전혀 다른 얘기라구."

남편이 다리를 바꿔 꼬고는,

"그냥 생각나서 말한 거뿐이야."

라고 말한다.

문득 돌아보자 손님이 드문드문했다. 피아니스트는 'Lullaby of Broadway'를 연주하고 있다. 내가 곡명을 아는 멜로디다.

"그냥 생각이 났어."

남편은 거듭 그렇게 말하고, 취한 한숨을 쉬고서 의자에 기대어 내 의자의 등받이에 팔을 두른다.

"알았어, 정정할게. 누구랑 함께 사는 것은 멋진 일이라고 말하고 싶었어. 당신도 틀림없이 즐거울 거라고 말이야."

실제로는 정정이 아니었지만 나는 사죄의 뜻을 담아 남편의 손등을 톡톡 두드렸다.

이제 그만 집에 돌아가고 싶었다. 결혼도 결혼 생활 얘기도 그만하고 싶었다. 얘기하면 얘기할수록 난감해진다. 나는 도로에서 본 우리 집의 외관과 현관에 한 걸음 들어섰을 때의 분위기, 슬리퍼와 잠옷과 부엌과 침실에 놓여 있는 읽다 만 책, 욕조에 물을 받을 때의 행복한 물소리와 피어오르는 김의 냄새를 떠올렸다. 커버 위에 짙은 갈색 담요가 덮여 있는 따뜻한 침대도.

"그래. 그런 거지 뭐."

뭐가 그렇다는 것인지, 아무도 모를 텐데 유리가 그런 소리를 하기에 유리가 나와 같은 생각을 하고 있다는 것을 알았다. 같은 생각이란, 이제 더는 얘기하고 싶지 않다는 것.

이유나 결과가 어떻든 유리는 아키히코 씨와 결혼했다. 아키히코 씨는 실수를 저질렀고, 강아지도 아이도 등장하지 않았다. 그렇다고 아직 이나 머리칼이 빠진 것은 아니니 수프만 먹고 있을 수도 없다. 우리 모두는 이제 흥건히 취해서 어서 집에 돌아가고 싶다고 생각하고 있다. 결국은 그뿐이다.

아키히코 씨가 웨이터에게 신호를 보내 계산서를 가져오게 한다. 두 남편이 양복 주머니에서 지갑을 꺼낸다.

"잠깐만, 나 화장실에 다녀올 테니까."

유리가 말하면서 핸드백을 들고 일어선다.

"기다려. 나도 갈 거야."

호텔 바의 좋은 점은 화장실이 넓고 깨끗하다는 것이다.

"이거, 내가 가져가도 될까?"

그렇게 말하면서 신제품 담배를 주머니에 집어넣는 남편이 보였다.

"담소 중이신데 잠깐 실례합니다."

키 큰 여자 둘이 화사하게 웃는 얼굴로 그렇게 말하면서 우리가 앉은 테이블에 두고 간 그 담배다.

히로키는 차를 집 앞에 세웠다. 차도 별로 다니지 않는 주택가이고 길 너비도 웬만해서 문제는 없다. 적어도 차의 바깥쪽에는. 시동을 끄고 조수석 문이 열릴 때까지 몇 초간 틈이 있었다. 시호가 차에서 내릴 결심을 하기 위해 필요로 한 틈이다. 시호는 지금 운전석 쪽 뒷문으로 머리를 들이밀고 커다란 상자를 꺼내려 하고 있다. 엷은 노란색 포장지에 싸여 있는 그 상자에는 분홍색 커다란 리본이 장식돼 있다.
　"왜 안 내려?"
　상자를 껴안고 그렇게 중얼거린 시호의 목소리는 이상해하는 것 같지도 짜증스러워하는 것 같지도 않았다. 히로키는 그 목소리에 아무 감정도 담겨 있지 않은 것처럼 느꼈다. 또는 담겨 있어도 자기로서는 이해할 수 없는 것이라고.

"내릴 거야."

대답하고, 차에서 내렸다. 건너편 집 베란다에 널려 있는 잠수복과 물갈퀴가 보인다. 히로키는 빙그레 미소 짓는다. 건너편 집 아들놈, 내가 결혼해서 분가할 때 중학생이었는데 언제 저렇게 다이빙을 할 만큼 컸나.

"왜 웃어?"

이번에는 시호의 목소리에 희미한 짜증이 배어 있다.

"웃으면 안 돼?"

시호는 히로키의 말을 무시했다.

대문을 들어서서, 정원사의 기술과 열의의 선물인 정원을 지나간다. 마치 장례식에 가는 걸음걸이 같다고 히로키는 생각한다. 커다란 비파나무에 열매가 주렁주렁 달려 있다.

시호가 이 디딤돌을 폴짝폴짝 뛰듯 건넜던 때를, 히로키는 또렷하게 기억할 수 있다.

"이렇게 뛰었어? 어렸을 때?"

돌아본 시호가 장난스러운 말투로 말하고, 사랑이 담뿍 담긴 웃음, 아니 사랑이 온 데로 넘쳐흐를 듯 웃음 짓는다.

"이혼 얘기는 아직 안 하기야."

시호가 현관 앞에 멈춰 서서, 집을 나서면서 이미 한 얘기를 다시 한다. 안고 있던 상자를 히로키에게 내밀고, 조그맣게 숨을 들이쉬고 현관문을 연다.

"저희 왔어요."

밝은 목소리다. 거의 감탄스럽다. 부엌에서는 어머니가, 2층에서는 여동생이 내려와 현관은 단박에 환영의 목소리와 웃음소리로 가득해진다. 여자들에 의한 여자들을 위한 의식이다.

"이거."

히로키는 리본이 달린 커다란 상자를 여동생에게 건넸다.

"자?"

시호가 2층을 가리키면서 묻는다. 호흡이 잘 맞는 부부의 릴레이 게임처럼. 히로키는 어젯밤 시호가 설거지를 하면서 한 말을 떠올리고 만다. 그럴 마음은 없는데도.

"미안하지만 나, 당신 동생 싫어."

시호는 이런 말도 했다.

"당신 집에 가면, 나는 있을 자리가 없는 듯한 기분이야."

여동생 아즈사는 두 번이나 이혼했다. 두 번째는 임신 8개월에 이혼, 친정으로 돌아와 무사히 아이를 낳았다. 오늘은 그 아이의 돌날이다.

히로키와 아즈사는 딱히 사이좋은 오누이는 아니다. 주위 사람들이 '오빠는 얌전한데 동생은 고집불통'이라고 말하는 것처럼 뜻이 맞지 않는 일도 간혹 있었다. 그런데도 히로키는 동생을 사랑하고 소중하게 여기고 있다. 물론 아주 자연스러운 일이다.

"왔구나, 어서 와라."

아버지가 거실에서 기다리고 있었다.

"마작 하자, 마작."

히로키의 아버지는 마작을 좋아한다. 6조 다다미방 하나를 마작 전용 공간으로 꾸몄을 정도다.

"지금요?"

이 집에서는 대개 식후에 마작을 하는 터라 다소 놀란 히로키가 물었다.

"여보, 지금 해도 괜찮지? 음식 준비도 대충 끝났잖아."

기대에 찬 아버지의 목소리에 어머니가 부엌에서 대답한다.

"아이구, 그래요."

"갱이 자는 동안에 해야지, 안 그러면 다 헤집을 테니 말이야."

벌써 잡고 서는데요, 라고 아즈사가 끼어든다.

마작 방에는 시호의 자리도 마련되어 있었다. 그것은 이른바

견학석으로, 히로키 바로 옆자리다. 네 개의 방석 옆에는 재떨이와 잔과 물수건이 담겨 있는 쟁반이 있고, 히로키의 쟁반에는 잔과 물수건이 두 개씩 담겨 있다.

"여보, 샴페인 터트려요."

어머니가 샴페인 병을 들고 와 말한다.

"히로키도 한잔 하려무나. 돌아가려면 아직 한참 멀었으니까."

히로키는 옆자리에서 시호가 잔뜩 긴장하고 있는 것을 알 수 있었다.

건배를 하고, 소형 서류 가방 같은 용기에서 패와 점수 봉과 주사위를 꺼낸다.

"아범아, 며늘아기에게도 가르쳐 주면 좋잖니."

어머니가 별 뜻 없이 말한다. 그리고 시호에게,

"배우고 보면 간단한 거야."

라며 미소 짓는다.

시부모님은 옛날부터 곧잘 사람을 불러 마작을 즐겼다. 히로키나 아즈사나 그런 모습을 보면서 자랐고, 어린애지만 놀이에 끼워 주면 좋아했다. 그러나 히로키는 가족과 부모님의 친구들하고만 한다. 학생 시절에나 취직한 후에나, 집 밖에서 자진해서 할 정도로 게임에 열중하지는 않았다.

"이거, 마셔도 돼?"

시호가 히로키의 잔을 들고 물었다. 히로키가 고개를 끄덕이자 시호는 단숨에 마신다.

"나, 샴페인을 아주 좋아하거든요."

아무도 뭐라 대답하지 않아, 말이 허공에서 맴돈다.

히로키가 시호를 처음 만났을 때도, 시호는 샴페인을 마시고 있었다. 친구의 결혼 피로연석이었고, 장소는 하쿠바에 있는 스키장이었다. 두 사람이 스키장에서 만나 사랑에 빠졌다고 그런 곳에서 피로연을 가진 것이다. 그때는 풍조가 그랬다.

시호는 마작도 그렇지만 스키도 탈 줄 모른다. 물론 그날 스키는 타지 않았지만, 스키장 바로 옆에 있는 호텔 연회장의 창가에서 밤의 휘황한 조명 속에서 활강하는 사람들을 보면서,

"기분 좋겠다."

라고 말한 시호의 표정에 아무런 동경의 빛이 어려 있지 않은 것을 히로키는 신기하게 여겼었다.

"가르쳐 줄까?"

스키에는 자신이 있어서 그렇게 말해 보았다. 시호는 창밖만 바라보며,

"괜찮아."

골

라고 대답했다. 긍정이 아니라 부정임을 확실하게 알리는 말투로.

그러고는 갑자기 회장 쪽으로 고개를 돌리더니,

"쟤네들 드레스 어떻게 생각해?"

라고 물었다. 신부의 친구들은 모두 화려하게 차려입고 있었다. "어떻게 생각해?"가 시호의 말버릇이라는 것을 그때의 히로키는 몰랐다. 시호는 히로키의 대답을 기다리지 않고,

"정말 꼴사납지. 보란 듯이 알록달록, 무도회에서 왕자님이 손 내밀어 주기를 기다리는 프티 부르주아 아가씨들 같아."

라고 말했다. 그때 시호는 어떤 남자와 연애를 하고 있었을까. 지금까지 한 번도 묻지 않았다.

반장 마작인데도 생각보다 꽤 시간이 걸렸다. 히로키는 보리차를 마시고 나머지 네 명은 백포도주를 마셨다. 어머니는 가끔 부엌을 들락거렸고, 아즈사는 침실에 있는 딸을 보러 두 번을 드나들었다. 두 번째에는 딸을 안고 내려와,

"깨 버렸어."

라고 말했다. 히로키의 눈에 아이는 축 늘어진 무슨 물체처럼 보였다. 몸집이 작은 아즈사가 안기에는 너무 커 버린 것 같았다. 깨기는 했지만 아직도 잠이 오는지 고사리 같은 손으로 침인지

눈물인지 모를 투명한 액체를 자기 온 얼굴에 묻혀 대고 있었다. 아즈사는 그런 딸을 조심조심 다다미 위에 눕혔다.

"어머, 벌써 이가 났네. 자기, 저것 좀 봐."

시호가 말했다. 아이는 엄지손가락을 빨면서 아즈사의 허벅지에 얼굴을 들이밀듯 몸을 뒤척였다. 아즈사는 심각한 표정으로 자기 패를 보면서, 오른손으로는 거의 무의식적으로 아이의 보드라운 머리칼을 쓰다듬고 있다. 그러고는,

"펑."

하고 분명한 목소리로 말했다. 저녁 6시가 지났다. 히로키는 배가 고프다고 생각한다. 형세는 아버지와 아즈사 둘의 승리로 기울고 있다.

히로키는 불쑥 답답함을 느낀다. 가족의 친구인 누구누구의 소식, 부모님이 놀러 간 온천장 얘기 — 그들은 거기에서 너구리와 사슴을 보았다고 한다 —, 단순한 동작을 한 사람씩 반복하면서 주절주절 늘어놓는 가족 얘기가 지금의 히로키에게는 아주 멀게만 느껴진다. 도자기 재떨이와 장지문 아래에 있는 작은 벽장, 그 방의 모든 것이 이전과 변함없이 거기에 있는데, 히로키는 푸근함보다는 의아함을 느낀다. 그것은 기시감이 지니는 의아함과 비슷했다.

"내가 바람피우는 줄 알지?"

반년 전, 히로키는 시호에게 그런 말을 들었다. 오랜만에 둘이서 영화를 보려고 외출했다가 돌아오는 길이었다. 지하철 안에서, 시호는 여전히 표정을 읽을 수 없는 얼굴이었다.

"그런 거야?"

나란히 손잡이를 잡고, 히로키는 눈앞에 있는 유리창에 비친 시호에게 되물었다.

"아니."

시호는 그렇게 대답하고, 피식 웃었다.

"바람 같은 거 안 피워. 피운 적도 없고. 하지만 당신하고는 헤어지고 싶어. 이런 마음, 바람피우는 것보다 더 잔인하지."

히로키는 바람을 피운 적이 있었다. 두 번 여행을 했고, 아마도 그 수의 서른 배는 같이 밥도 먹고 섹스도 했을 것이다. 하지만 처음 한동안만 즐거웠을 뿐, 그 다음에는 괴롭기만 했다. 시호에게나 그 여자에게나 죄스러웠다. 시호와 있을 때에는 그 여자가, 그 여자와 있을 때에는 시호가 보고 싶어졌다.

헤어지고는 안도했다. 후련하고 자유롭고, 거의 해방감에 가까웠다.

마작은 결국 아즈사가 차분하게 점수를 쌓아 이겼고, 덕분에 그녀는 분유값을 벌었다.

"잘하네."

시호가 말하면서 아즈사에게 잔을 들어 보였다. 아즈사는 대꾸하지 않았다.

아즈사가 어릴 때, 많은 사람들은 그녀를 남자아이로 잘못 보았다. 말라깽이에 피부가 까뭇까뭇하고 눈만 땡글땡글 컸다. 어른이 되어 유행하는 스타일 중에서도 도발적인 것을 즐겨 입고, 여전히 말라깽이에 피부가 까뭇까뭇하면서도 무척 엄마다운 엄마가 되었지만 히로키에게는 옛날이나 지금이나 변함없이 말괄량이이고 영리한 여동생이었다.

"나, 취했어."

방에 단둘인 남자, 시호가 말했다.

"이 집 사람들은 술도 항상 고급만 마시네."

저녁 식사가 중국요리라는 것은 들어왔을 때부터 알고 있었다. 말린 표고버섯을 우리는 냄새, 고기찜 냄새가 벌써부터 풍기고 있었다. 그 냄새가 지금은 온 집 안에 충만하여 공기가 아른거릴 정도로 농도가 짙다.

"아범도 한잔 하려무나."

맥주잔을 손에 든 어머니가 같은 말을 또 한다. 갱은 잠이 반짝

깨어, 어린이용 의자에 앉아 안전띠로 고정된 모습으로 아랫니 두 개를 드러내 보이며 웃고 있다.

어머니의 주특기인 물만두는 불평의 여지없는 정겨운 맛이었다. 아버지가 자작한 한시를 읊자 어머니는 단가로 응전했다. 맥주가 사오싱주(도수가 낮은 중국술의 일종)로 바뀌고, 히로키를 제외한 네 명의 볼이 한결같이 발그스름하게 달아올랐을 때, 갑자기 식사가 끝났다. 웃음소리와 대화가 잦아들고, 잇달아 나오던 접시도 동이 났다.

"아, 즐거웠다."

아버지가 말했다.

"어, 여보, 즐거웠지."

그 말은 모두의 귀에 기묘하게 들렸다. 되풀이되니까 한층 감상적으로 느껴졌다.

"나, 학교에 다녀."

순간적으로 생긴 침묵을 아랑곳하지 않는 말투로, 아즈사가 히로키에게 말한다.

"자격증 따서 일하려고."

"무슨 자격증?"

"아직은 잘 모르겠어."

다시 침묵이 감돈다.

"그런데 그거, 무슨 학교야?"

히로키가 묻자 아즈사가 아니라 아버지가,

"그런 식으로 말하지 마라."

라고 말했다.

"그런 식으로 말하지 마라?"

히로키가 고개를 갸우뚱한다.

"나는 아무 말도 안 했는데."

시호가 한 손을 히로키의 허벅지에 올려놓는다.

"아즈사는 아주 훌륭한 배우자였어."

질문을 하듯 말꼬리를 올려 어머니가 말했다.

"차 몰고 어디 같이 나가면, 가즈토 씨가 마실 수 있게 자기는 참고, 돌아오는 길에 운전까지 했잖아. 헌신적이었다구."

세 번째 침묵은 시호가 쿡쿡 웃는 소리에 깨졌다.

"난, 운전면허 따는 학교에는 안 갔으니까."

그 농담에 아즈사만 웃었다.

"아아, 그런 건 물론 상관없는 일이야. 운전 같은 거 나도 못하니까. 상관없어, 괜찮아."

멍하게 어머니의 말을 들으면서, 히로키는 이 순간 아버지는 이미 '즐거웠다'고는 생각지 않으리라고 생각했다.

시호는 집을 나갈 것인가.

지금까지는 그렇게 되더라도 어쩔 수 없는 일이라고 여겼었는데, 갑자기 현실감을 띠어 ― 더구나 코앞에 닥쳤다는 생각에 ― 히로키는 공포에 휩싸인다. 시호는 집을 나갈 것인가. 나를 버릴 것인가.

기온은 그렇게 높지 않은데 푹푹 찌는 밤이었다. 히로키와 시호는 잘 먹었다는 인사를 하고 부모님과 아즈사의 배웅을 받으며 집을 나섰다. 디딤돌을 걷다가 돌아본 히로키는, 배웅하는 세 사람이 의지할 곳 없는 어린애 같게만 느껴졌다. 앞서 걷는 시호는 또 쿡쿡 웃고 있는 것 같다.

차에 올라타자 히로키는 다소 피곤한 느낌이 들었다. 동시에 갑자기 자유로워진 느낌이었다. 마치 바람을 피웠던 상대와 헤어졌을 때처럼.

"너무 먹은 거 같다."

등받이에 기대어, 숨을 쉬고 말했다.

"아무튼 무사히 끝났으니까."

시호에게 하는 말인지 자기 자신에게 하는 말인지 애매했지만, 대꾸가 없어 옆을 보자 놀랍게도 시호가 울고 있었다.

"왜 울어?"

뒷자리에서 화장지 상자를 집어 건넸다. 히로키는 지금껏 우는 시호를 본 적이 없다.

"미안해. 아무 일도 아니야, 그냥 좀 취해서."

목소리까지 젖어 있었다. 시호는 눈물을 닦고는 또 흘리면서,

"당신한테는 미안하지만, 나 저 사람들 정말 싫어."

라고 말하고는 코가 막혀, 코를 풀고 말을 이었다.

"하기야 우린 뭐 곧 이혼할 거지만, 그렇다고 내가 저 사람들을 싫어하는 건 이상하잖아. 당신은 어떻게 생각해?"

히로키는 어이가 없어서 고개를 움츠린다.

"몰라. 내가 그런 걸 어떻게 알아."

키를 돌려 시동을 건다.

"눈 좀 붙이지 그래? 그럼, 기분이 좀 가라앉을 거야."

목소리에 불쾌함과 짜증이 잔뜩 배어 있다.

"괜찮아."

시호가 젖은 목소리로 말하고는 키들키들 웃기 시작했다.

"우리 집 토스터 고장 났어, 알아? 나 어제 이 뽑았어. 이 뽑은 입으로 키스했고. 바람은 안 피우지만 키스 정도는 해. 냉장고 청소 오래 안 했으니까, 아마 구석에 작년에 먹다 남은 채소하고

햄, 치즈 그런 게 들어 있을 거야. 알고 있었어? 우리 살기는 같이 살아도, 전혀 다른 삶을 살고 있어, 알아, 그거?"

시호의 "알아?"가 끝없이 이어졌다.

"나, 오늘 당신한테 선물할 게 있어. 몰랐지, 그건. 산 거는 아니지만, 그리고 왜 당신한테 그런 걸 주고 싶어졌는지도 알 수 없지만."

히로키가 넌더리를 내며,

"그만 자. 많이 취했으니까."

라고 또 말했다. 차 안에서 중국요리 냄새가 나는 것도 신경에 거슬렸다. 주정쟁이가 웃고 울고 하는 것도.

간신히 집에 도착해서 주차장에 차를 세울 즈음에는 이미 깊은 밤이었다. 시호는 울지도 웃지도 않았다. 그뿐이 아니다. 시호가 더 이상 자기 아내로 보이지 않았다.

"잠깐만."

현관으로 들어가려는 히로키를 시호가 불러 세운다.

"선물이 있다고 했잖아? 트렁크 열어."

히로키는 식사를 하는 도중에 시호가 자리에서 일어나면서 차키 좀 줘 봐, 라고 귀엣말을 했던 것을 떠올렸다. 뭘 가지러 가는 척하지만 그건 빌미고, 사실은 바깥 공기를 쐬고 싶은 것이라고 생각하면서 키를 건넸었다.

시호의 선물과 그에 이은 발언을 히로키는 전혀 이해할 수 없었다. 트렁크에는 잠수복이 들어 있었다. 들어 올리자 묵직한 것이 사람 모양으로 늘어졌다.

"슬쩍한 거야?"

히로키가 말하고, 밤의 주차장에서 망연하게 그 검고 께름칙한 물체를 쳐다보았다. 그것은 누군가의 허물처럼 보였다. 또는 잔해로. 차갑고 텅 비어 있는데 체온과 사람의 기척을 생생하게 상상케 하는 그것은 주인 곁을 떠나 난처해하는 듯 보였다. 거의 수치스러워하듯.

"우리 한때는 서로 사랑했는데, 참 이상하지. 이제 아무 느낌도 없어."

시호가 말했다.

"당신, 그거 어떻게 생각해?"

생쥐
마누라

미요코는 백화점을 좋아한다. 거의 사랑한다고 할 정도로. 그러나 아무 백화점이든 상관없는 것은 아니다. 미요코에게 백화점이란 딱 한군데로 정해져 있다.

"냄새가 달라."

과거, 미요코는 다다유키에게 그렇게 역설했다.

"정말이야. 눈가리개를 하고서도, 한 걸음 들어서면 금방 알 수 있어. 그 백화점에는 특별한 냄새가 있거든."

지금은 이미, 다다유키에게 무언가를 역설하지 않는다. 애써 말해도 이해하지 못할 뿐더러, 다다유키의 이해를 구하고 싶은 지조차 알 수 없어졌다.

그렇다고 부부 사이가 나쁜 것은 아니다. 지난달, 결혼 20주년을 맞았다. 둘이서 외식을 하고 목도리와 서진書鎭을 선물로 주고받았다. 고등학생인 아들은 "아버지는 엄마가 없으면 아무것도 못 한다니까."라고 하는 상태이고, 중학생인 딸은 "그래도 엄마는 행복하잖아, 아빠를 쥐고 흔들잖아."라고 하는 상태이니, 전체적으로는 순조롭게 살아가고 있는 걸 테지, 하고 미요코는 생각한다. 실제로 지금 두 손에 들고 있는 종이봉투에는 남편과 아들의 양말, 남편의 잠옷과 아들의 티셔츠와 벨트가 들어 있다. 딸은 벌써부터 같이 골라 사지 않으면 싫어한다.

그래서 미요코는 자기 것을 살 때는 꼭 딸과 함께 나선다. 오늘처럼 혼자일 때는 남편과 아들 것만 산다. 그리고 남편과 아들 것만 사는 날이 미요코에게는 더 행복하다.

미요코는 늘 일정한 방식으로 쇼핑을 한다. 질서가 중요하다고 생각한다. 효율은 말할 것도 없고.

오전 중이 덜 붐비지만 문을 막 여는 시간에는 가지 않는다. 그 시간대에는 종업원들이 손님에게 꼬박꼬박 인사를 하기 때문에 부끄럽다. 문을 연 지 한 시간쯤 지나 살며시 들어간다. 미리 준비한 쇼핑 목록을 보면서 위층에서 아래층으로 이동한다. 쓸데없는 것에 정신을 팔거나 괜한 것에 현혹되지도 않는다. 백화점을 좋아하지만, 그런 허튼 행동은 하지 않는다. 미요코는 그렇게 행동하는 인간에는 두 종류밖에 없다고 생각한다. 어리석고 고독한 젊은 여자와 한가하고 고독한 주부들. 과거 그녀는 후자였고, 더 거슬러 올라가면 전자였던 적도 있다. 예를 들면 엇비슷한 화장품 병 하나하나가 눈부실 정도의 청결함과 신선함으로 미요코를 유혹했다. 또는 외국 아티스트가 직접 만들었다는 머그잔 하나하나가.

한가하지도 고독하지도 않은 주부 미요코는 이미 그런 것들에 흥미를 느끼지 않는다. 정확하고 신속하게 쇼핑을 끝내고 오후 1시가 넘어서는 지하 식료품 매장으로 내려간다.

이 지하 식료품 매장에서만 미요코는 자신을 풀어놓는다. 알록달록한 식재료가 진열된 코너, 이름은 알아도 가 본 적 없는 고급 요정의 분점, 고소한 냄새와 김을 피우며 운반되는 키슈quiche와 커틀릿 등등이 진열된 카운터, 미요코는 걸으면서 그런 것들을 꼼꼼하게 바라본다. 가족들의 얼굴을 떠올리면서 한껏 쇼핑을 즐긴다. 딸과 사 오기로 약속한 수량 한정 슈크림을 사기 위해 줄을 서고, 다다유키가 좋아하는 연어 술지게미 절임을 고르고, 국기가 내걸린 이탈리아 페스타에서는 날햄과 치즈를 샀다. 문득 마음이 동해 시가에 날햄 종합 세트를 보내고는 ─ 시동생 가족이 함께 살기 때문에 대가족이다 ―, 미요코는 만족한다.

짐이 많아 받아 든 잔돈을 지갑에 넣기도 고생스럽다. 젊은 여자 점원이 어렴풋 동정 어린 미소를 짓는다. 미요코도 미소로 답한다. 이걸 다 어떻게 해, 란 뜻의 미소. 미요코는 자기가 고독과는 거리가 먼 여자라는 것을 점원이 알아준 듯하여 더욱 만족한다.

백화점에서 자기가 아닌 누군가를 위해 쇼핑을 하는 것만큼 행복한 일은 없다. 미요코는 그렇게 생각한다.

이탈리아 페스타에서 나온 미요코는 쇼핑의 순서에 따라 지하층 구석에 있는 '수하물 임시 보관소'에 오늘의 수확인 쇼핑백과 비닐 봉투를 맡긴다. 번호표를 받아 들고 가벼운 몸으로 다시 에스컬레이터로 발길을 돌린다. 5분 전과는 전혀 다른 표정이라는 것을 미요코 자신은 알지 못한다.

도중에 화장실에 들른다. 이 백화점에 한해서, 미요코는 어느 화장실이 가장 한산하고 깨끗한지 정확하게 파악하고 있다. 신관 4층에 있는 화장실이다.

화장실은 계단을 올라가는 도중에 있고, 그곳은 미요코에게 향수로 가득하다. 널찍한 파란 계단, 벽에 붙어 있는 안내도와 포스터, 공중전화, 그리고 아기 침대.

미요코의 부모님은 둘 다 이미 이 세상에 없다. 미요코가 태어나고 자란 집도 팔아 버린 지 오래다.

 이 계단에 발을 디디면 친정집으로 돌아간 듯한 기분이 든다, 고 하면 부모님은 ─ 만약 살아 계시다면 ─ 웃을까, 어이없어할까.

 미요코는 그렇게 생각하고, 그 생각이 우스워 조그맣게 웃는다.

 그 시절, 이 백화점의 엘리베이터는 문이 이중이었다. 바깥문은 쇠로 된 주름식, 손님이 타면 유니폼을 입은 담당 직원이 공손하게 인사를 하면서 그 문을 닫았다. 철컥하고 묵직한 소리를 내며 닫히는 그 문이 미요코는 늘 겁났다. 하지만 미요코의 양옆에는 부모님이 서 있었다. 양쪽에서 두 손을 꼭 잡고, 그래서 미요코는 안심하고 서 있을 수 있었다.

 엘리베이터의 구조는 달라졌지만 그 시절처럼 아들과 딸의 손을 꼭 잡아 주었는데, 그때의 기억보다 부모님과의 기억이 한결 선명하다. 보호한 기억은 늘 윤곽이 애매하고, 보호받았던 기억만이 가슴을 파고든다. 미요코 자신조차 그것을 떨쳐 버릴 수 없다.

 백화점에서 걸을 때, 미요코는 자기가 백화점을 좋아한다는 것을 조금도 내색하지 않는다. 아무도 눈치채지 못하게. 고개를 들고, 빠른 걸음으로, 거의 오만하게. 볼일이 있어 왔을 뿐 사실은 한시라도 빨리 사라지고 싶다는 표정으로.

그것이 괜한 허세라는 것은 알고 있다. 미요코가 어떤 표정으로 걷든 아무도 상관하지 않는다. 하지만 미요코는 누군가 보고 있는 것처럼 행세한다. 누군가가, 아마도 신지가.

다다유키를 만나기 전에, 신지를 사랑했다. 학생 시절의 연애. 너무도 먼 옛일이다. 우연히 어디선가 만난다 해도, 서로를 알아보지 못할 것이다.

그런데도 신지는 미요코의 삶의 버팀목이다. 신지를 사모해서가 아니라 신지가 곁에 있었던 때의 젊은 자신을 사모하는 마음 때문이다. 그 여자는 백화점에서 남편의 잠옷과 아들의 양말을 사고, 딸을 위해서 슈크림을 사려고 줄을 서며 즐거워하는 그런 여자가 아니다.

지난 20년 동안, 미요코는 한 번도 바람을 피우지 않았다. 다다유키를 자기에게 주어진 단 한 사람의 남편으로 사랑하고 존경하고 소중하게 여겼다. 하지만 아주 가끔 소박한 자위행위를 할 때면 신지를 생각했다. 또는 신지에게 사랑받는 자신을.

그것은 미요코만의 비밀이지만, 스스로 비밀이라 인식할 만큼 중대한 일은 아니었다. 하찮은 것이다. 죄가 없는, 이래도 저래도 아무 상관없는 일.

에스컬레이터를 타고 꼭대기 층까지 올라간다. 군데군데 거울이 설치되어 있어, 미요코는 등을 곧게 펴고 빈틈없는 자세로 서 있는다.

단골 레스토랑에서 점심을 먹고, 내일 아이들 도시락에 쓸 크림 크로켓을 사면 미요코의 쇼핑은 끝이다. 그다음은 지하로 내려가 짐을 찾아 그대로 택시를 타고 집으로 돌아간다.

꼭대기 층 에스컬레이터 앞에는 외국의 정원에 흔히 있는 철제 의자가 죽 놓여 있다. 의자는 짙은 초록색이고 다리는 우아한 곡선을 그리고 있다. 그 의자에는 대개 노인이 앉아 있다. 가방을 가로 메고, 어쩔 줄 몰라 하는 표정으로.

오늘도 남녀 노인 둘이 앉아 있다. 남자는 안경을 끼고, 베이지색 점퍼를 입고 있다. 두 다리 사이에 세워 놓은 지팡이가 윗몸을 받치고 있다. 여자는 남자보다 얼굴색이 거뭇거뭇하고 주름이 눈에 띈다. 옷깃 속에 스카프를 두르고 있다.

미요코는 그들을 눈가로 포착한다. 그리고 못 본 척한다. 어쩐지, 그래야만 할 것 같은 기분이 들어서이다.

열 살 남짓한 아이 두 명이 — 역시 남녀다 — 소리를 지르며 뛰어온다. 남자아이가 쫓아오고, 쫓기는 여자아이는 비명에 가까운 소리를 지르며 웃는다. 뒤에서 그들의 엄마가 나타나 나무

란다. 놀랍게도 그녀는 어린아이를 안고 있다.

미요코는 거의 경악한다. 자기는 도저히 저럴 수 없다고 생각한다. 그러나 그 마음과는 반대로 상냥하게 미소 짓는다. 옛 생각이라도 난다는 듯이, 사뭇 엄마로서는 선배라는 듯이.

하마터면 말을 걸 뻔한다. 아이들이 어릴 때는 쇼핑하는 것도 큰일이죠.

미요코는 그 말을 할 수도 있고, 안 할 수도 있다.

레스토랑 지배인은 여느 때처럼 웃는 얼굴로 미요코를 맞아 주었다. 날씨와 아들 얘기 ― 지난번에 가족끼리 왔을 때, 기말시험 중이었던 아들은 식사를 하면서도 노트를 펼쳐 놓고 있었다. 늘 벼락치기라니까. 미요코는 웃으면서 그렇게 말했지만, 그것은 겸손한 말치레였다 ― 를 하면서 카운터 자리에 앉았다. 혼자 오면 항상 카운터 자리에 앉는다. 메뉴도 늘 똑같다. 샌드위치와 홍차. 이 레스토랑의 샌드위치는 구운 식빵 사이에 두툼한 햄버그가 끼어 있어 맛있다.

건네받은 물수건으로 손을 닦으면서 미요코는 주위를 돌아본다. 평일 낮의 레스토랑에는 여자 손님들뿐이다. 젊은 여자와 젊지 않은 여자. 모두들 조잘조잘 수다를 떨면서 먹고 마신다.

"저, 내가 늘 사 가는 크림 크로켓도 부탁해요."

미리 전화로 주문을 해 두었지만, 곁에 멍하게 서 있는 종업원에게 다시 한번 확인한다. 그렇게 해야 여기에 있는 정당성을 주장할 수 있다고 생각하는 것처럼.

사방에서 들려오는 여자들의 수다는 들어 주기가 민망한 내용이다. 젊은 사람들처럼 이어폰을 끼고 좋아하는 음악이라도 들으면서, 무슨 병에 걸렸거나 중독증을 앓고 있는 사람처럼 몸을 부들부들 떨고, 눈은 감고 입을 반쯤 벌리고 세상을 차단할 수 있으면 좋을 텐데, 하고 생각해 본다. 그렇게까지 하면서 듣고 싶은 음악이 있는지 없는지는 둘째 치고.

샌드위치가 나왔다. 미요코는 나이프로 잘라 한 조각 입에 넣는다. 한 입 먹을 때마다 냅킨으로 입가를 닦는다. 왼쪽 손목에는 예쁜 앤티크 시계를 차고 있다.

다다유키는 미요코를 '생쥐 마누라'라고 부른다. 우리 생쥐 마누라, 하고. 생쥐처럼 일하는 아내란 뜻이다. 요컨대 바지런한 사람이란 말이다. 실제로 생쥐를 본 적은 없지만 미요코는 그 별명이 마음에 든다. 아들과 딸도 가끔씩 아빠를 흉내 내 '생쥐 엄마'라고 부른다. 미요코는 그것도 마음에 든다. 어쩌면 일종의 명예가 아닌가.

식사는 20분이면 끝난다. 미요코는 피클과 파슬리가 남아 있는 접시를 옆으로 밀어 놓고 시계를 본다. 짧은 시간에 식사를 끝내는 것도 미요코에게는 중요한 일이다. 시간을 질질 끌면서 제 집인 양 즐기는 어리석고 고독한 젊은 여자나 한가하고 고독한 주부하고는 다르니까.

그때 카운터 안쪽 선반에 놓여 있는 목이 길고 우아한 병이 눈길을 스친다. 투명한 액체가 삼분의 이 정도 들어 있다. 글자가 장식처럼 그려져 있는 라벨도 아름답고, 맥주나 포도주 같은 대중적인 술 — 주변 테이블에서 다른 여자들이 마시고 있는 — 과는 차원이 다른 고고한 자태라고 미요코는 생각했다. 무색투명하고, 청결하고 가련한 모습이다.

대체 무슨 이유에선지 자신도 가늠할 수 없었지만, 미요코는 그 병에 매료되고 말았다.

"저건 뭐예요?"

단순한 호기심, 이라는 식으로 종업원에게 물었다.

"네?"

종업원이 미요코가 뭘 말하는지 모르겠는지, 그렇게 되물었다.

"저 병, 목이 길고 예쁜 저 병. 술이죠? 저거."

집게손가락으로 살짝 가리키면서 미요코는 설명한다. 자기도 모르게 수줍어하는, 혼날까 봐 겁이 난 어린애 같은 태도를 취하고 말했다.

"아아, 그라파grappa요. 드셔 보실래요?"

종업원이 아무렇지도 않게 말했다. 마치 술이 아니라 케이크라도 권하는 것처럼. 마치, 이곳이 낮의 백화점도 아니고, 미요코가 술에 익숙하지 않은 인간도 아니고, 마치……

"그래요, 그럼 조금만 마셔 볼까요."

미요코도 아무렇지 않게 대답했다.

술이 마시고 싶었던 것은 아니다. 애당초 미요코는 술을 잘 마시지 않는다. 전혀 못 마시는 것은 아니지만 딱히 좋아하는 것은 아니어서, 다다유키와 외식을 할 때만 포도주를 한두 잔 마시는 정도다. 왠지 그냥 그 술병의 내용물을 마셔 보고 싶었다. 다른 테이블에서 여자들이 마시는 술과는 다른, 청결하고 가련한 그 병에 담긴 술을.

종업원은 미요코가 보는 앞에서 그 술을 조그만 잔에 따라 주었다. 찰랑거리는 액체가 한층 투명하고 맑고, 그러면서도 물과는 다른 부드러움을 띠고 있다. 어릴 적, 옛날이야기에서 읽은 샘물이 이런 물이었는지도 모르겠다. 미요코는 멍하니 그런 생각을 한다.

종업원이 병을 카운터에 올려놓은 채 가 버려, 미요코는 내심

당황한다. 이러면 내가 뭘 마시고 있는지 모두들 알게 되지 않는가. 이런 곳에서, 혼자.

잔을 들어, 조심조심 입술을 갖다 댔다.

독한 술이었다. 그라파라면 포도주로 빚은 술일 텐데. 그 정도 지식밖에 없는 미요코는 예쁘고 우아한 병의 인상 때문에 제과용 달콤한 술을 상상했는데, 전혀 아니었다. 다 못 마실 것 같다. 비로소 그런 생각이 들었다. 냅킨은 샌드위치 접시와 함께 벌써 치워 갔다. 미요코는 무릎에 올려놓은 가방에서 손수건을 꺼내 입가를 닦는다. 입술이 얼얼하다.

"꽤 독하네."

변명하듯 조그만 소리로 중얼거린다. 마셔 보겠다고 한 것을, 후회하기 시작한다. 그래도 그만 마실 생각은 없었다. 가령 이 자리에 다다유키가 있다면, 웃으면서 남은 술을 마셔 줄 것이다. 아들 역시 요즘은 밖에서 간혹 술을 마시는 눈치니까, 생쥐 엄마를 대신해서 마셔 줄지도 모른다. 그러나, 그것은 인정하기 어려운 일이었다. 신지의 눈에는 한심하게 비쳐질지도 모른다.

미요코는 등을 곧추 펴고 다시 도전한다. 이번에는 가능한 입술에 닿지 않도록 액체를 목구멍 깊숙이 흘려 넣는다.

온 입에 싸하고 짜릿한 또는 뜨거운 감촉이 번졌지만, 삼키자

마자 증발해 버린 것 같았다.

미요코는 싱긋 웃는다. 별거 아니잖아. 맛있다고 말하고 싶을 정도다.

다시 한 모금 마셨다. 잔에는 이제 술이 한 모금 정도밖에 남지 않았다.

불쾌했던 주위의 시끌시끌함이 돌연 차분하고 정겹게 느껴졌다. 미요코는 느긋한 기분이다. 술은 마실 때는 씁쓸하지만 마시고 나면 달콤한 여운이 남는 것이었다.

지하에 맡겨 둔 짐을 생각했다. 가족들이 먹을 식료품과 속옷이 들어 있는, 다 들지 못할 정도로 많은 쇼핑백, 비닐 봉투. 거기에 크로켓을 담은 도시락까지. 따끈따끈한 도시락은 택시 안에서 후끈한 냄새를 풍길 것이다. 운전사가 싫은 표정을 지을지도 모르겠다. 운전사란 백화점에서 산더미 같은 짐을 들고 타는 여자에게는 대개가 불친절하다. 그러나 미요코는 택시를 타야 하고, 택시를 타고 어서 집으로 돌아가야 한다. 아이들이 학교에서 돌아올 시간에는 집에 있고 싶었다. 저녁 준비도 해야 하고, 강아지도 산책을 시켜야 한다.

술을 다 마셨다.

"맛있네."

미요코는 또 싱긋 웃는다. 취기는 돌지 않는다. 아무것도 변하지 않았다. 손목시계를 본다. 레스토랑에 들어선 지 이제 겨우 30분이 지났다. 그 사실에 만족과 소박한 자부심을 느낀다. 카운터에 그대로 놓여 있는 병에서도 이미 위화감은 느껴지지 않는다. 아니, 친근감마저 들었다. 일어나 계산서를 들고 계산대로 갔다.

  에스컬레이터 앞에는, 아까 그 아이들의 모습도 노인의 모습도 없었다. 대신 다른 노인이 하나 중년 여자가 셋 앉아 있다. 미요코는 그 사람들도 보고서 못 본 척한다. 자기와는 다른 생물이라는 듯이.

  따끈하고 묵직한 도시락 꾸러미를 들고 등을 쫙 펴고 에스컬레이터를 탄다. 누군가—물론 신지가—보고 있기라도 하는 것처럼 긴장하고, 그 자리에 어울린다 생각되는 의연한 태도로. 그리고 미요코는 주위에 섞이지 않도록 빠른 걸음으로 지하를 향해 곧바로 내려간다.

나는 혼자 사는 여자처럼 자유롭고, 결혼한 여자처럼 고독하다.

나츠메는 여행 가방에 짐을 꾸리면서, 그렇게 생각했다. 시즈코는 일흔네 살이다. 나츠메는 일찍이 어머니를 여의어 그 나이의 여자를 달리 모르니 비교할 길이 없지만, 아마도 시즈코는 일흔네 살이란 나이에 비하면 놀랍도록 젊어 보이고 강인한 여자일 것이라고 생각한다. 남편이 살아 계셨을 때나 돌아가신 후에나, 자식을 낳고 키우는 동안에나 계속해서 일을 한 덕분인지도 모른다. 시즈코는 아사쿠사에서 조그만 요릿집을 하고 있다.

나츠메는 양가죽과 캔버스 천으로 된 커다란 여행 가방에 차곡차곡 필요한 것을 집어넣는다. 속옷, 담배, 책. 해마다 얇은 옷으로 맵시를 내고 오는 시즈코를 위해서 두툼한 숄도 넣었다.

물론 시즈코는 나츠메가 사랑에 빠졌었다는 것을 모른다. 그 사랑에 자기를 잃어버릴 만큼 애를 태웠다는 것도, 이제는 그 사랑이 떠났다는 것도.

루이는 프랑스인 아버지와 일본인 어머니 사이에서 태어난 혼혈이고, 나츠메보다 일곱 살 연하였다. 키는 큰데 체형은 소년처럼 호리호리하고, 그러면서 손만 유독 컸다. 그 손에 안기면 — 루이는 껴안을 때 나츠메를 보호하듯, 또는 떠받치듯 한 손은 등에 다른 한 손은 뒷머리에 대고 힘을 주었다 — 모든 것, 정말 이 남자의 품 안에 있지 않은 모든 것이 불필요하게 여겨졌다.

남들은, 흔해빠진 불륜이라 생각할 테지. 나츠메는 자조적으로 그렇게 생각한다. 루이는 부티크 점원이었고, 나츠메는 단골손님이었다.

관계는 2년 정도 계속되었다. 루이는 재치 있고 섬세하고 터프했다. 그 한 몸에 프랑스와 일본이란 서로 다른 나라의 서로 다른 문화가 뒤죽박죽 섞여 있었다. 카메라맨이 되고 싶다고 했다. 교토, 가나자와, 하카타, 오키나와 등 온 데를 여행하면서 사진을 잔뜩 찍어 왔다.

나츠메는 부엌에 가서 음식 쓰레기를 냉동하는 카운터를 닦고

가스 밸브를 잠근다. 남편의 내일 아침을 위해 테이블에 토스터와 접시와 빵이 담겨 있는 바구니를 준비해 놓았다. 문단속을 하고 주차장으로 간다. 차 두 대가 나란히 서 있는 주차장에는 목공 도구와 예비 냉장고도 놓여 있다.

여행 가방을 트렁크에 넣고 나츠메는 집을 나섰다.

결혼 후, 남편의 어머니인 시즈코와 해마다 한 번 온천 여행을 한다. 시즈코가 요릿집을 쉬는 것은 신정 연휴를 제외하면 이틀간의 이 여행 때뿐이다.

고속도로는 한산했다. 선글라스를 쓰고 드라이빙 슈즈를 신은 나츠메는 박하 껌을 씹으면서 추월 차선을 달린다. 도로가 방음벽 너머로 보이는 너저분한 빌딩들.

고속도로에서 빠져나와 햇살이 한가롭게 쏟아지는 넓은 도로를 달리면서 휴대폰으로 시즈코에게 근처에 왔음을 알린다. 이나리초 네거리에서 시즈코를 픽업했다. 자그마한 몸집에 짙고 선명하게 화장한 늙은 여자를.

"어이구 힘들다."

조수석에 올라타자 시즈코는 느닷없이 그렇게 말했다. 마치, 운전대가 왼쪽에 있는 차는 보도에서 조수석이 멀어 빙 돌아 타는 것만도 큰일이라는 듯이.

"잘 주무셨어요."

정오에 가까운 시간인데, 나츠메는 그렇게 인사하고 시즈코의 무릎 위에 놓여 있는 짐을 들어 뒷자리에 옮겨 놓는다.

"날씨가 좋아서 다행이로구나."

시즈코가 그렇게 말하면서 싱긋 웃었다. 나오는 길에 불단에 절을 하고 왔는지, 희미하게 향냄새가 난다.

시즈코와의 여행은 애당초 나츠메가 제안한 것이었다. 자신의 남편이 된 남자를 낳아서 키워 주고, 또 몹시 사랑하는 시즈코에게 감사하고 싶은 마음에서였다. 시즈코란 여자가 어쩐지 싫지 않았고, 아들이 차린 회사도 경기가 좋아 경제적인 걱정이 전혀 없음에도 그 조그만 가게를 접지 않는 시어머니의 노고를 치하하는 뜻도 있었다.

그러나 막상 여행을 계속하다 보니, 얼굴을 맞대고 할 얘기도 별로 없어 어색한 채로 하룻밤을 나란히 자는 것에 지나지 않았다. 그런데도 여행에서 돌아오면 시즈코는 달필로 정성스럽게 고마웠다는 인사 편지를 보냈고, 나츠메 역시 달필은 아니지만 정성껏 답장을 보냈다.

늘 묵는 이즈의 여관은 차를 타고 세 시간 거리다. 도중에 한 번 휴식을 취했다. 휴게소에서 파는 차는 맛이 없다고 싫어하는 시즈코를 위해 보온병에 담아 온 뜨거운 호지차를 둘이서 마셨다. 시즈코가 화장실에 간 동안 나츠메는 벤치에 앉아 기다렸다. 수많은 승용차와 관광객으로 붐비는 주차장 위로 갸름한 은색 잠자리 몇 마리가 날아갔다.

"나츠메 씨도 다녀오지."

화장실에서 돌아온 시즈코가 말했다. 참 이상한 일이지만, 시즈코는 늘 그렇게 말한다. 나츠메 씨도 다녀오지, 하고.

"아니요, 전 괜찮아요."

그래서 나츠메는 그렇게 대답한다.

시즈코가 나츠메 옆에 앉았다. 검정 치마에 크림색 블라우스, 그 위에 보라색이 주조인 복잡한 색상의 모헤어 카디건을 걸치고 있다. 화장실에서 다시 발랐는지 마른 입술에 새빨간 립스틱이 요란스레 눈에 띄었다. 큼지막한 가닛 반지가 거기에 조화를 이룬다.

시즈코는 손때 낀 부드러운 가죽 핸드백에서 초콜릿을 꺼냈다. 나츠메에게 권하고 자기도 한 조각 입에 문다. 이름 모를 노란 꽃과 키 큰 마른풀이 바람에 흔들린다.

시즈코가 불쑥, 우리 부부가 잠자리를 같이 하지 않는 것 아니냐고 말한 곳도 이 휴게소였다. 문득 생각이 났다. 결혼한 지 3년인가 4년째 되는 가을이었다. 나츠메는 어리둥절해서 시즈코의 얼굴을 빤히 쳐다보고 말았다. 그리고 스스로도 뜻밖일 만큼 강경하게,

"어머니하고는 상관없는 일이에요."

라고 말했던 것을 기억하고 있다.

초콜릿을 삼키고, 나츠메는 일어나 선글라스를 낀다.

오후 늦게 여관에 도착했다. 해마다 그렇듯 안주인과 지배인이 반겨 주었다. 각 객실이 별채인 이 해묵은 여관은 바다에서는 멀어도 구석구석 고급스럽게 꾸며져 있다.

현관에서 신발을 벗으면서 나츠메는, 이 사람들에게 나와 시즈코가 사이좋은 고부로 보일까 의문스러웠다.

"피곤하시죠?"

객실 담당의 인사치레에 시즈코가,

"나는 전혀. 운전은 이 사람이 했으니까."

라고 대답했다. 그러고는 빨간 주머니에 팁을 담아 건네면서,

"미안하지만 저녁 식사 때 이거 마실 수 있게 좀 부탁해요. 아이스논에 싸 오기는 했지만, 덜 차가운 것 같으니까."

라고 위압적일 수도 있는 대사와 함께 포도주 병을 다다미 위

에 꺼내 놓았다. 해마다 그런 터라 안주인의 언질이 있었는지, 여자는 잘 알겠다는 표정이었다.

나츠메는 시어머니의 이런 부분이 싫다, 고 생각한다. 포도주에 관해 잘 아는 것은 아니지만 그래도 아이스논으로 차갑게 하는 것이 옳지 않다는 것쯤은 안다.

각 객실에는 전용 노천탕이 달려 있지만, 시즈코는 대욕탕을 더 좋아했다. 객실 담당이 나가자 시즈코는 재빨리 유카타로 옷을 갈아입고는 경대 앞에 철퍼덕 앉아 화장을 지우기 시작한다. 나츠메는 그런 시어머니의 모습을 멍하니 바라본다. 둥글둥글 커다란 콜드크림 병, 시즈코의 손가락이 그 하얀 크림을 듬뿍 떠내 온 얼굴에 펴 바른다. 입으로 숨을 쉬는지 입술을 어중간하게 벌리고 있다. 거울에 들러붙을 것처럼 엉덩이를 쳐들고, 두 손으로 열심히 얼굴을 문지르는 시즈코의 등은 아주 작고, 앞으로 몸을 구부리고 있는 탓에 유카타 위로 등뼈가 불거져 보인다.

"나 먼저 몸 좀 담그고 와야겠다."

화장을 다 지운 시즈코가 방을 나서면서 말한다.

넓은 방이다. 유리문 너머로 조그만 노천탕이 있는 정원이 보인다. 도코노마에는 억새와 오이풀을 꺾꽂이한 대바구니가 놓여 있다. 다실을 꾸미는 꽃처럼 정갈하게.

나츠메는 휴대폰으로 남편에게 전화를 걸어, 지금 도착했어, 라고 알린다. 남편이 있는 곳이 아주 멀게 느껴졌다. 그리고 여행 가방을 풀어 내일 입을 옷을 벽장에 걸고, 창가 등나무 의자에 앉아 정원을 바라본다.

나는 혼자 사는 여자처럼 자유롭고, 결혼한 여자처럼 고독하다.

또 그런 생각을 했다. 냉장고에서 물을 꺼내 마시고, 유리 테이블에 발을 올려놓는다.

루이는 하라주쿠에 살았다. 몇 번이나 서로의 몸을 탐닉했던 그 방을, 나츠메는 구석구석 기억하고 있다. 먼지 낀 블라인드, 높이 쌓인 사진 잡지, 무슨 까닭인지 실내에 놓여 있는 신발과, 너덜너덜한 매트, 좋아서 사 모았다는 아프리카 민속 공예품.

나츠메는 루이의 부모님도 만났다. 일본에 다니러 왔을 때, 레스토랑에서 함께 식사를 했다. 둘 다 넉넉하고 인상이 좋은 사람들이었다.

나츠메짱.

루이는 나츠메에 짱을 붙여 불렀다. 그렇게 부르는데도 위화감이 느껴지지 않아, 오히려 나츠메가 놀랐다.

나츠메짱.

루이의, 그 구김 없는 말투와 꾸밈없이 웃는 얼굴.

그 아파트의 좁은 침실은 나츠메가 남편과 지내는 침실과는 분위기가 전혀 달랐다. 언제 갈았는지 모를 시트, 한 번도 열지 않았을 것 같은 창문, 그리고 또 다른 너덜너덜한 매트.

나츠메짱.

나츠메는 루이의 긴 손발과 튀어나온 복숭아뼈를 좋아했다.

남편은 나츠메가 바람을 피우고 있다는 것을 아마도 알고 있었으리라. 일하지 않는 아내가 매일 외출을 하고, 새 속옷이 나날이 늘었다.

이제 그만 끝내자는 말을 먼저 꺼낸 것은 나츠메였다. 그대로 관계를 계속하면 자신이 완전히 분열되어 버릴 것이라고 생각했다. 그렇게 하는 것이 가장 바람직한 판단이고, 그리고 그 무렵의 나츠메는 막연하게 그 정사만 끝을 내면 집으로 돌아갈 수 있다고 생각했다. 하지만, 사랑에 빠진다는 것은 물론 돌아갈 장소를 잃는 것이었다.

"아아, 물 참 좋다."

시즈코가 한숨을 쉬는 듯한 목소리로 말하면서 돌아왔다. 얼굴은 매끈매끈 발그레하고, 온몸에서 따스한 물 냄새가 풍긴다.

"저녁 먹을 때까지는 아직 시간이 좀 있으니까, 산책이나 다녀오자꾸나."

말이 산책이지, 차를 타고 해안으로 나가자는 뜻이다. 산길을 내려가 국도에 접어들면, 드넓은 사가미 바다가 펼쳐진다. 그리고 시모다 쪽으로 조금 내려가면 인기척 없는 모래사장이 나온다.

차 안에서 시즈코가 말했다.

"작년이었나, 해초 말리는 아저씨가 있었잖니? 거기 좀 가 보자."

핸드백에서 핸드크림을 꺼내 두 손에 비벼 바르면서 그런 말을 했다.

나츠메는 해초 말리는 아저씨가 있었다는 곳이 어디인지 몰랐다. 그래서 그 얘기는 묵살하고 적당한 장소에 차를 세워 놓고, 시즈코의 손을 잡고 모래사장으로 내려가는 돌계단을 걸어 내려갔다. 바다에서 불어오는 바람이 차갑다. 짭짤한 냄새가 났다. 해가 벌써 저물어 선글라스는 끼고 있지 않았지만, 여전히 박하 껌을 씹고 있다.

"이거, 걸치세요."

새파란 숄을 건네자 시즈코는 순순히 받아 들어 어깨에 두른다. 실크 특유의 광택이 회색 경치 속에서 덩그러니 불거져 보였다.

"파도가 세네요."

젖어 거뭇거뭇한 모래사장을 나란히 걷는다. 신발 속에 마른 모래가 들어오는 것이 싫은 나츠메는 물가를 걸었다.

"요이치도 왔으면 좋았을 텐데 말이다."

여행을 하면서 몇 번이나 들은 그 말에, 나츠메는 은근히 짜증스러워하면서,

"그렇네요."

라고 대답한다. 가슴속에는 다른 남자를 품고 있는데, 이렇게 시즈코와 둘이 바다를 보고 있다니 묘한 기분이었다.

루이는, 호적 따위 아무 상관없다고 말했다. 다른 남자의 아내라도 좋으니까 같이 살자고 말했다. 간단한 일, 이라고.

하지만 나츠메에게는 쉬운 일이 아니었다. 아주 복잡한 일이었다.

루이와 헤어진 지 반년이다. 상실감은 나츠메가 상상했던 것보다 훨씬 컸다. 표면적으로나마 아무 탈 없이 생활하는 데, 상당한 노력이 필요했다.

루이와의 정사가 나츠메에게 남긴 것은 봇물이 쏟아진 듯 무수한 기억이었다. 자신이 누구의 것도 아니었던 한때의, 사랑 하나만으로 어떻게든 인생을 꾸려 나갔던 한때의, 본질적인 기억

이었다.

그러나, 정사는 끝나고 말았다. 더구나 나츠메가 그것을 끝내기 전에, 모든 상황은 이미 끝나 있었다.

"이거, 요이치한테 갖다 주렴."

쭈그리고 앉아 나뭇조각과 조개껍질을 줍던 시즈코가 일어나서 어린애 같은 표정으로 말했다.

저녁 식사에는 예년처럼 통째로 튀긴 이세 새우가 나왔다. 찜이며 생선과 채소 모둠이며 정성이 담긴 요리가 줄줄이 나왔다. 나츠메와 시즈코는 가져온 샤르도네와 함께 느긋하게 식사를 즐겼다.

식사를 하면서 시즈코는 이런저런 얘기를 했다. 가게에 오는 손님 얘기, 친척 얘기, 프로 야구 선수 얘기도 했다. 시즈코는 프로 야구를 좋아한다. 옛날에는 종종 대학 야구를 보러 갔다고 한다. 그런 얘기를 들으면서, 나츠메는 위스키가 마시고 싶다는 생각이 들었다.

루이도 포도주를 좋아했다. 나츠메는 아버지의 영향인지 버번을 좋아한다. 그렇다고 말하자 루이는 마치 어린애를 어르듯, 그건 밥 먹고 마셔, 라고 했다.

"나츠메 씨는 어릴 때 건강했어?"

시즈코의 물음에, 나츠메는 시어머니의 얘기를 전혀 듣고 있지 않았다는 것을 안다.

"건강이요? 아아, 예."

모호하게 대답하자 시즈코는 미소 지으며,

"그거 참 다행이로구나."

라고 말했다. 아마도 시즈코는 아들이 어렸을 때 툭하면 큰 병을 앓았다는, 벌써 몇 번이나 들은 얘기를 또 하고 있었으리라. 오래도록 손님을 상대하는 장사를 하고 있는 터라, 시즈코가 같은 얘기를 반복하는 일은 좀처럼 없다. 전쟁 중에도 고생이 많았을 텐데, 나츠메는 한 번도 듣지 못했다. 그런데도 아들이 병약한 아이였다는 얘기는 예외다.

나츠메는 자기가 어떤 아이였는지, 잘 기억나지 않는다. 책을 좋아하고, 별로 눈에 안 띄는 아이였던 것 같다. 기억 속의 자신이 지금의 자신보다 훨씬 어른스러웠던 듯한 느낌이다. 아마도 그랬으리라. 지금이 오히려 위태롭다.

"저하고, 요이치 씨하고 이혼하면, 어머니 놀라실 건가요?"

스스로도 어이가 없었지만, 나츠메는 불쑥 그렇게 묻고 말았다.

"놀라긴, 별로."

시즈코는 단박에 대답했다. 그러고는 심각한 표정으로,

"왜, 너희들 그러기로 했어?"

라고, 걱정보다 호기심에 가까운 말투로 물었다.

"아니요."

나츠메는 대답하고, 빙긋 웃었다.

"그냥 여쭤봤을 뿐이에요."

나츠메는 젓가락을 쥔 시즈코의 주름진 손과, 그 손가락에 끼고 있는 커다란 가넷 반지를 아름답다고 생각했다.

식사를 끝내고 둘이서 방에 달려 있는 조그만 노천탕에 몸을 담갔다. 해마다 그래 왔지만, 나츠메는 마냥 불편하기만 하다. 따로 들어가자고 하면 차라리 편할 것 같은데, 이러나저러나 노천탕은 방에서 고스란히 보이는 데다가 굳이 차례를 기다리기도 어색한 일이다. 그래서 시즈코가 하자는 대로 해마다 같이 노천탕에 들어갔다.

탕은 바위와 나무에 둘러싸여 있다.

"이 온천, 정말 좋죠."

거짓처럼 들리지 않게, 나츠메는 자신이 충분히 즐기고 있음을 전하려 했다.

"물도 따뜻하고, 넉넉하고."

시즈코도, 음, 그래, 라고 대답한다.

"정말, 요이치도 같이 왔으면 좋았을걸 그랬다."

나츠메는 여자 둘의 모습이 우스꽝스럽다고 생각했다. 그리고, 루이와 함께라면 좋았을 텐데, 하고 생각했다.

탕에서 나오자 이부자리가 깔려 있었다. 얼굴을 묻으면 질식할 것처럼 두툼했다.

시즈코는 텔레비전을 켜고, 나츠메는 책을 펼쳤다. 스탠드 갓에 벌레 한 마리가 들어가 있다. 시계는 밤 10시를 가리키고 있다.

"잠깐 나갔다 올게요."

유카타만 입고 있는 나츠메는 도테라(기모노보다 길고 넉넉한 솜옷)를 걸치고 그 위에 숄을 걸치고 방을 나섰다.

"이 밤에 어딜?"

시즈코의 물음에, 네, 요 앞이요, 라고 의미 없는 대답을 했다.

내일도 또 시즈코와 함께 탕에 몸을 담가야 한다. 아침 햇살이 비치는 다다미방에서, 화장 안 한 얼굴을 마주보면서 아침을 먹는다. 시즈코는 틀림없이 "정원을 산책하고 싶다"라고 하리라. 나츠메는 내일 일까지 눈으로 보듯 상상할 수 있었다. 단풍이 들기 시작한 숲 사이 오솔길을 빠져나와, 뒤죽박죽 음악을 틀어 놓고 차를 몰리라. 도중에 휴게소에 들르면, 시즈코는 화장실에 가리라. 도쿄에 들어서면 도로가 혼잡할지도 모른다. 느릿느릿 차를 몰면서, 껌을 너무 씹은 나는 턱이 아프리라. 시즈코는 꾸벅꾸벅 졸고, 그 모든 것을 우리 둘은 무리 없이 해낼 것이다.

 밤바다는 저녁때보다 한결 파도가 높았다. 나츠메는 모래사장으로 내려가지 않고 세워 둔 차 옆에 서서 바다를 바라보았다. 가로등의 간격이 넓어, 파도의 하얀 거품밖에 보이지 않는다. 숄을 걸치고 있는데도 싸늘했다. 바다는 이미 짭짤한 냄새가 아니라 한없이 차가운 냄새를 나르고 있다.
 나츠메는 루이의 팔을 생각한다. 나츠메의 머리칼을 끌어 올릴 때의 몸짓, 저 혼자 명쾌한 논리를 세워 놓고 고집스럽게 그것을 주장할 때의 어린애 같음, 부모님과 과거의 친구들에 대해 그리운 듯 얘기하는 말투, 나츠메의 안으로 가라앉을 때의 단순하고 성급한 움직임.
 나츠메는 막 국도변 할인점에서 산 조그만 병에 든 위스키를 살짝 머금는다. 강렬한 감촉 뒤에, 싸한 냄새가 번진다.
 루이를 잃었고, 그보다 오래전에 남편을 잃었다.
 담배에 불을 붙이고 깊이깊이 빨아들인다. 내일은 조금 멀리 길을 돌아 자작나무 숲까지 가 보자고 생각한다. 시즈코는 벌레가 들어 있는 스탠드 아래서, 벌써 잠들었을 것이다.

루이와 멀리 갔다면 좋았을 텐데.

나츠메는 시즈코의 말투를 흉내 내어 중얼거리며 운전대가 왼쪽에 있는 차로 돌아간다.

하야시 쓰네오가 일하는 운송 회사는 주택가 안에 있다. 도쿄의 끄트머리에 있는, 지난 10년 사이에 갑자기 발전한 동네다. 트럭 네 대에 종업원은 사장 부부를 포함해서 일곱 명. 옛날에는 북적거리는 상가 구역에 있었는데, 15년 전에 지금의 장소로 이전했다. 쓰네오는 회사가 상가 구역에 있을 때부터 살아남아 있는 운전사다.

옛날에는 장거리를 뛰었는데, 지금은 그렇지 않다.

하야시 쓰네오가 하는 일은 회사에서 곧장 공장으로 가, 수출용 기계 부품을 싣고 혼모쿠나 오오이 ― 그 날에 따라 다르다 ― 부두로 운반하는 것이다. 단조롭기 짝이 없는 일. 그러나 쓰네오는 그 일이 마음에 든다.

기계 부품을 만드는 공장도 주택가 안에 있다. 단 이쪽은 도심에 있는 한적한 주택가다. 신록이 무르익는 계절에는 산소가 넘칠 듯 잎이 풍성한 가로수, 오래전부터 있는 전통 가옥과 사는 사람의 취향이 살아 있는 모던하고 화려한 현대 가옥. 모든 집에 외제 차는 물론 개도 키우지 않을까 싶다.

쓰네오 자신은 지금도 옛날에 회사가 있었던 동네의 아파트에서 아내와 둘이 살고 있다. 상점가 한 모퉁이에 있는 볼품없지만 편안한 아파트다. 사장 부부는 출근하기 좋게 이사하라고 몇 번이나 권했지만, 쓰네오는 고집을 부렸다. 그 아파트에서의 생활이 좋았던 것이다.

그런 한편 부품 공장이 있는 그 한적한 주택가에는 쓰네오 자신도 모를 친근감과 애착을 품고 있다. 그곳에 있으면 차분하고 느긋해지는 듯한 기분이 들었다.

부품 공장에서는 사장과 세 명의 종업원이 일하고 있다. 오래도록 이 회사에 몸담고 있는 쓰네오로서는 모두 편하고 좋은 사람들이고, 방음벽 사이로 스미는 기름 냄새나 기계 소리 역시 정겹기만 하다. 한가롭고 여유 있는 그 주택가에 있어서 더욱이.

쓰네오는 점심때가 약간 지나 공장에 도착한다. 주차장에 트럭을 세워 놓고 부품 상자를 싣는다. 라디오에서는 낮은 소리로 음악이 흐르고, 간혹 종업원이 도시락을 먹고 있기도 하다. 캔 음료를 살 수 있는 자동판매기도 있다. 쓰네오는 그중에서 포도 음료를 좋아한다.

세 명의 종업원 중에서, 쓰네오는 도쿠라와 제일 마음이 맞는 것 같다. 개인적인 친분이 있는 것은 아니지만, 매일 넌지시 주고받는 몇 마디에서 오랜 세월을 함께한 사람들끼리만 통할 수 있는 이해와 공감을 느끼곤 한다.

도쿠라도 쓰네오처럼 한 곳에서 오래 일한 사람이다. 그야말로 코흘리개 어린애 시절부터.

꽤 오래전 일이지만, 쓰네오는 도쿠라가 결혼한 당시를 기억하고 있다. 아내를 만나 본 적은 없다. 어떤 여자인지도 모르고, 관심도 없다. 다만, "나, 결혼했어요."라고 이 주차장에 우뚝 서서, 기뻐하면서도 머쓱하게 말했던 젊은 남자의 모습을 기억하고 있다.

짐을 다 싣고 나면 전표에 사인을 하고 트럭을 뺀다. 그러나 목적지인 부두로 곧장 달려가지는 않는다. 늦은 점심을 겸하여 취미를 즐기는 시간을 갖는다.

쓰네오에게는 좀 남다른 취미가 있다. 부품 공장에서 그리 멀지 않은 곳에 있는 사립 중학교에서 수업을 끝내고 줄줄이 나오는 학생들을 바라보는 것이다. 주로 여학생들을 바라보지만 남학생 중에도 얼굴이 예쁜 아이가 몇 명 있어, 그들을 바라보다 보면 여학생을 바라볼 때보다 한결 마음이 포근해졌다.

물론, 절대 보기만 한다. 말을 걸지도 않고 성적인 몽상에 젖지도 않는다. 쓰네오는 그저 하교 시간에 맞춰 교문 건너편 길가에 가서, 꽃과 장식물과 색다른 우편함과 영어로 새긴 문패와 의자가 있는 포치 등등으로 한껏 꾸민 집들에 숨어 ― 또는 잎이 무성한 가로수 그늘에서 ―, 30분 정도 아이들을 바라본다.

그 아이들은 쓰네오가 알고 있는 여느 아이들(및 중학생)과는 전혀 다르게 보였다. 우선 교문에 경비원이 서서 삼엄하게 지키고 있는 것도 기묘했고, 높은 담에 에워싸여 보이지 않는 교정에서 들려오는 테니스 볼 튕기는 소리와 아이들의 밝은 목소리도 현실감이 없었다. 그리고 그곳에서 나오는 중학생들은 한결같이 어렸다. 뉴스나 신문 기사를 보면, 요즘 아이들은 학원이다 입시다 각종 레슨이다 뭐다 하고 바쁘게 돌아다니는 탓에 스트레스가 많다고 하는데, 쓰네오의 눈에 비친 그 학교 아이들의 얼굴은 행복 그 자체였다.

그렇게 한참을 바라보다 보면, 마음이 따뜻해졌다. 손에 쥔 빵을 먹는 것조차 잊어버릴 정도였다. 가끔은 황홀한 기분에 젖기도 했다. 그런 때에는 눈을 감고 아이들의 목소리를 들으면서 온몸으로 그 따스함을 만끽했다.

법에 저촉되는 일은 아니지만, 남에게 말할 수 없는 취미라는 것은 쓰네오 자신도 알고 있었다. 그래서 운송 트럭을 길가에 세워 놓은 채 그 안에서 보지 않았다. 큼지막하게 회사 이름이 찍혀 있는 트럭은 반드시 멀리 떨어진 곳에 세워 두었다. 조심스럽게 감춰 놓듯.

"오늘도 있네."

2층 침실 창가에서 마리코가 슈나우저를 안아 올리며 그렇게 말한다. 레이스 커튼 너머로 건너편 중학교의 테니스 코트가 보인다. 바로 아래를 들여다보듯 고개를 숙이면 이웃집 대문 옆에 서 있는 남자의 머리가.

마리코는 한 달 전쯤, 매일 같은 시간에 그 남자가 나타난다는 것을 알았다. 마리코는 집에서 피아노를 가르치고 있고, 레슨을 하는 동안에는 개를 침실에 가둬 둔다. 그날도 레슨을 끝내고 개를 꺼내 주려고 침실로 가 밖을 내다보자, 같은 장소에 남자가 서 있었다. 남자는 늘 똑같은 파란색 낡은 점퍼를 입고 있었다. 육체노동을 하는지 몸집은 작아도 단단해 보이는데, 한곳에 선 채 움직이지 않는다. 왠지 꺼림칙한 기분에 신고를 하려다가 결국은 하지 않기로 했다. 내 집 안으로 들어온 것도 아니고, 남자가 눈길을 쏟는 대상이 — 그것이 무엇이든 — 마리코와 다케시가 작년에 구입한 아담한 집이 아니라 길 건너에 있다는 것을 알았기 때문이다. 부동산 업자의 말로는 한적한 주택가의 제일 값비싼 땅에 자리한 디자이너 하우스라는 타일 외벽의 이 집이 아니고 말이다.

그냥 변태이든지, 그렇지 않으면 무슨 피치 못할 사정이 있는 거겠지, 하고 생각하기로 했다. 예를 들어, 그 남자의 아이가 저 중학교에 다니고 있는데 무슨 사연이 있어 만날 수는 없지만 멀리서나마 지켜본다든가. 남자는 아버지라기보다 할아버지에 가까운 나이로 보이지만, 그 남자가 몇 살에 자식을 봤는지는 아무도 알 수 없는 일 아닌가.

마리코에게는 아무 상관없는 일이었다. 마리코가 생각해야 할 일은 달리 있었다.

다케시가 바람을 피우고 있다. 틀림없었다.

그리고, 이 부근을 어슬렁거리는 수상한 인물은 그 남자 하나만이 아니다. 언젠가 마리코가 개를 데리고 산책을 나서려는데,

오늘 그 남자처럼 이웃집 대문 옆에 숨어 있는 노파를 본 적이 있다. 한 40분 정도 산책을 하고 돌아왔는데, 노파는 그때도 같은 자리에 서 있었다.

"저, 여보세요."

마리코가 지나가는 것을 보고는 그쪽에서 먼저 주춤주춤 말을 걸었다. 기모노 차림에 구깃구깃한 종이봉투를 가슴에 꼭 껴안고 있었다.

"미안하지만, 이것 좀 우리 손주한테 전해 주시구려."

노파는 공손하고 조심스럽게 말했다.

"깜박 잊고 갔는데, 전화가 와서 12시 15분에 갖다 달라고 하더군요. 창피하니까 교문 안에는 절대 들어오지 말라고 해서."

마리코는 섬찟했다.

"하지만."

이미 한 시가 넘어 있었다. 점심시간도 벌써 끝났을 것이다. 겨울이고, 맑지만 추운 날이었다.

"그래도 들어가 보시는 게 좋겠어요. 학교 직원한테 맡기시든지."

고작 그렇게 말했다. 사실은 그냥 빨리 돌아가세요, 라고 말하고 싶었다. 뭐 하러 도시락을 갖다 줘요. 손주는 학교 식당에서 빵이라도 사 먹었을 것이다.

노파는 고개를 저으며 난감하다는 듯 미소 지었다.

"내가 혼이 나요."

마리코는 슬픔이 북받쳤다.

세상에는 참 많은 사람들이 있다. 그리고 그들은 마리코의 이해나 상상의 테두리 밖에 있다.

"참 무섭지."

마리코는 슈나우저를 바닥에 내려놓으며 말한다.

"다들 참 변변치 못하지."

여자가 있을지도 모르겠다고 생각한 까닭은 우선 속옷 때문이었다. 다케시는 그때까지, 서랍 속 속옷을 차례대로, 마리코가 개서 넣은 대로 차례차례 꺼내 입었다. 그런데 언제부터인가, 비교적 새 것을 골라 입는 날이 있다는 것을 알았다. 수요일이 많은 듯했다. 그다음은 볼펜이었다. 크리스마스가 지나자 못 보던 볼펜을 쓰기 시작했고, 마리코의 의심은 결정적으로 굳어졌다. 설마 그렇게 무방비하지는 않을 텐데 하고 생각했지만, 확인하고 싶은 마음에 휴대폰을 조사해 보니, 코맹맹이 소리로 녹음된 짧은 메시지가 두 건 지워지지 않은 채 남아 있었다.

"아이, 착하다."

문을 열어 개를 복도로 꺼내 주면서 마리코가 말한다. 걱정 마, 란 뜻을 담아서. 걱정 마, 아빠하고 엄마는 헤어지지 않으니까.

마리코는 남편이 바람을 피운 정도로 결혼 생활을 포기한다는 것은 어리석은 짓이라고 생각했다.

하지만 기분이 좋지 않은 것은 물론이다. 또야, 싶은 심정이다. 그렇다고 다케시가 두 번이나 바람을 피웠다는 뜻은 아니다. 결혼하기 전에 한 번, 마리코는 알지도 못하는 여자를 상대로 분투한 적이 있다.

마리코와 다케시는 중매결혼을 했다. 선을 본 장소는 당시 요란한 광고와 함께 막 오픈한 에비스의 한 호텔이었다. 마리코는 그 호텔 프렌치 레스토랑의 음식을 맛보고 싶어 그 자리에 나갔다.

그때까지 몇 번이나 선을 보았지만, 매력적인 남성은 한 번도 나타나지 않았다. 마리코는 일찌감치 기대를 접은 상태였다.

그런데 다케시는 예외였다. 그날 —3월 6일이다. 날짜까지 기억하고 있다 —, 약속 시간보다 5분 늦게, 뛰어왔는지 숨을 헐떡이며 눈앞에 나타난 다케시의 얼굴, 분위기, 옷차림, 믿을 수 없을 정도로 기뻐했던 그녀 자신의 모습까지 마리코는 선명하게 기억하고 있다.

이 사람의 가족이 되고 싶다.

마리코는 그 자리에서 그렇게 생각했다. 좋은 것만 줄줄이 늘어놓은 쓸데없는 신상명세서 때문도 아니고 다케시의 상큼한 용모와 테니스로 단련한 탄력 있는 체형 때문도 아니었다. 마주하는 순간 오래전부터 사귀던 사람 같은 정감을 느꼈다, 고 마리코는 친구들에게 설명할 때마다 그렇게 말을 쥐어 짜냈다. 아마도 다케시의 좋은 성격과 단순함 같은 것.

데이트를 거듭하면서 마리코의 마음은 점점 더 기울었다. 다케시는 쾌활하고 친절하고, 놀랍게도 소리 내지 않고 수프를 먹을 수 있는 남자였다. 그 점은 거의 감동적이었다.

그런데 그런 다케시에게서 어느 날 한 통의 편지가 날아왔다. 편지지 여덟 장에 빼곡하게 글이 적힌 긴 편지였다. 고심고심 말을 골라 썼는지, 여기저기 수정액으로 지운 흔적이 있었다. 다케시에게는 애인이 있었다. 애인이 있으면서 선을 봤다는 상식 이하 — 마리코 자신은 그리 상식 이하의 일은 아니라고 생각했지만 — 의 행동을 사과하고, 마리코의 웃는 얼굴과 자기주장이 확고한 사고, 음식을 즐겁게 먹고 예의 바른 점에 이끌려 그만 몇 번을 만났지만 점차 자책감에 시달리고 있다는 것, 이대로 가면 애인에게 미안한 일이라 괴롭다는 것, 등등의 사연이 쓰여 있었다.

 마리코는 당황하지 않았다. 이 남자는 성격이 너무 좋다고만 생각했다. 더구나 다케시를 포기할 마음은 없었다. 마리코는 곧바로 답장을 썼다. 정확하게 편지지 두 장에 할 말을 다 담았다. 수정액 따위, 원래 갖고 있지도 않았지만 쓸 필요도 없었다.

 나에게 사과할 필요는 없다. 나는 모르는 일이었지만 다케시의 마음을 어지럽혔으니 오히려 내가 미안하다. '그분을 먼저 만나셨으니 어쩔 수 없네요. 행복을 기원합니다.' 그리고 '그렇다면 나를 정부로 삼으면 어떨까요.'

 다케시는 학생 때부터 사귀던 애인과 헤어지고 마리코와 결혼했다.

 "참 나."

 개를 안고 계단을 내려가면서 마리코는 동그랗고 따스한 개의 머리에 입맞춤한다.

 "아빠가 큰일이다."

 이번에는 어떤 방법으로 다케시를 되찾을 것인가. 나 말고는 진정 다케시를 이해할 사람은 없다는 것을 알게 하고, 눈뜨게 해야 한다.

 마리코는 다케시가 좋았다. 바지 지퍼를 단단히 여미고 있지 못하는 남자라 해도, 그래도 역시 좋았다. 인테리어를 북유럽적인 분위기로 통일한 거실 — 한가운데 피아노가 놓여 있다 — 에서 마리코는 한기 같은 고독을 느낀다.

여기가 '한적한 주택가의 제일 값비싼 땅'이라니 새빨간 거짓말이라고 짜증스런 기분으로 생각한다. 집 앞 도로는 교통량이 많고 한밤에도 오토바이와 트럭이 지나간다. 녹음이 풍성하고 호화 주택은 많지만, '제일 값비싼 땅'다운 점은 그뿐이었다. 어째서 주택가 안에 그런 것이 있는지 도무지 이해가 안 되는데, 근처에 낡은 공장까지 있다. 가끔 주차장에 볼품없는 아저씨들이 모여 있기도 한다. 하지만 최악인 것은 중학교였다. 벨소리와 교내 방송, 시끌시끌한 아이들 소리가 저녁이 되도록 끊이지 않는다. 그런데다 공중도덕 따위 모르는 그들은 과자 봉지와 빈 캔, 먹다 남긴 소시지 같은 것을 도로나 남의 집 화단에 버리고 간다.

"빈 봉지는 그렇다 치고, 음식은 버리지 말아야지."

마리코는 다케시에게 그렇게 투덜거린 적이 있다.

"산책하면서 얘가 먼저 보면 달려가 먹잖아. 건강에 안 좋다구."

다케시는 상대해 주지 않았다.

"중학생 때는 다 그렇지 뭐."

마리코가 화를 내는 것이 어쩌면 바로 앞에 있는 중학교가 다케시의 모교인 탓인지도 모른다.

햇살이 기울기 시작한다.

한 시간 정도 피아노를 쳤다. 냉정하게 대처하면 별 문제 없다. 자신에게 그렇게 말한다.

다케시는 안과 의사다. 집에서 차로 10분 정도 거리에 있는 아버지의 병원에서 '젊은 선생님'으로 일하고 있다. 그러니까 다케시의 아버지도 안과 의사. 실은 지금 당장 불러들여, 여자에 대해 따져 묻고 뺨이라도 한 대 갈겨 주고 싶었다. 하지만 그래서 끝나는 일이라면 얼마나 좋을까.

그런 짓을 했다가는 다케시가 금방 도망치리라는 것을 마리코는 잘 알고 있었다. 고통을 견디지 못하는 남자다. 타인에게는 물론 자신에게도 너무 관대하고 친절한 남자니까.

인정하고 싶지 않았지만, 마리코는 자신을 언젠가 보았던 노파와 같다고 생각했다.

마리코는 오늘 저녁에 다케시가 좋아하는 양배추 롤을 만들 생각이다. 수요일. 다케시는 자기가 좋아하는 속옷을 입고 나갔다.

도쿠라 카즈이치는 하루 일을 끝내고 공장 앞에서 담배를 피우는 시간이 가장 좋았다. 코에서 소리 없이 흘러나온 연기가 저녁 하늘에 느릿느릿 녹아든다. 라디오에서는 가요 프로그램이 흐르고, 건너편 아파트 정원에서는 치자나무가 달콤한 향기를 풍기고 있다.

지금껏 몇 번 본 적 있는 여자가 역시 몇 번 본 적 있는 회색 개를 데리고 걷고 있었다. 젊고 자그마한 여자인데 카즈이치의 취향엔 좀 야위었다 싶고, 그래서인가 어쩐지 좀 날카로운 인상이다.

"귀엽네요. 무슨 종류죠?"

그러니까 그렇게 말을 건 것은 순전히 개가 귀여워서였다. 카즈이치의 집에는 몰티즈가 있다.

"미니어처 슈나우저예요."

여자가 멈춰 서서 긴 머리를 한 손으로 귀 뒤로 넘기고는 뜻밖에도 생긋 웃었다.

"그래요. 목욕 자주 시키나요? 트리마trimmer에 데리고 가서 목욕시켜요?"

그렇게 묻자, 이번에는 여자가 뜻밖이라는 표정을 지었다.

"우리 집에도 강아지가 한 마리 있는데, 마누라가 아주 귀여워하지요. 한 달에 한 번 미용원에 데리고 가는데, 한 번에 4천 엔이라네요."

여자는 무슨 소린지 알겠다는 듯이 고개를 끄덕이고,

"비싸죠. 우리가 가는 곳도 대충 그 정도예요."

라고 대답했다.

"이발하는 데는 고작 천 2백 엔인데 말입니다."

카즈이치가 말하자, 여자는 후후 하고 소리 내어 웃었다. 겉보기만큼 날카로운 성격은 아닌 모양이다.

카즈이치는 더 이상 할 얘기가 없는데 여자는 그 자리에 선 채 고개를 약간 갸우뚱하고 카즈이치를 쳐다본 후, 무슨 생각인지,

"부인은 참 행복하겠어요."

라고 말한다.

"아니, 글쎄요."

카즈이치의 말에 여자는 또 미소 짓고는, 가볍게 고개 숙여 인사하고 티셔츠를 입은 개와 함께 걸어갔다.

"도쿠라 씨, 작업하는 거야?"

주차장에 있는 후배가 놀렸다.

"허튼소리. 내 스타일 아냐."

카즈이치는 말하고, 필터까지 타들어 가지 않도록 조심조심

피우고 있는 담배를 물이 담긴 양동이 재떨이에 버렸다. 주머니에서 동전을 뒤져 자동판매기 앞에 선다.

"참 나. 이렇게 종류가 많은데 마실 만한 건 녹차뿐이라니까."

카즈이치의 부인은 캔 음료에 포함돼 있는 설탕의 양을 시시콜콜 알고 있다.

늘 가는 바에서, 긴 여행에서 돌아온 친구와 오랜만에 술을 마셨다. 내가 먼저 도착한 덕분에 뒤에 온 그녀를 포옹으로 맞을 수 있었다. 우리는 1년 만에 만나는 것이었다.

좋아 보인다, 응, 좋아, 여행 어땠어, 완전히 공주였지 뭐, 무슨 뜻, 비밀이야 비밀.

그런 말을 주고받으며 구석진 자리 소파에 앉았다. 벽에는 거울이 붙어 있고, 칸막이 대신인 쇠고리 줄, 여기저기서 흔들리는 촛불의 불꽃. 이 술집에 들어서면 늘 제럴드 필립이 나오는 흑백영화 — 부분적으로는 컬러다 — 의 성이 떠오른다. 다소 엽기적이면서도 우아하고, 음침하기보다는 푸근한 느낌.

우리는 향료로 달콤한 맛을 낸 드라큘라의 피란 리큐르를 주문하여 건배했다.

"그래서, 너는 어떻게 지냈어? 지난 1년 동안 이 도시에서."

친구는 담배에 불을 붙이고 연기를 피우면서 그렇게 물었다. 가운뎃손가락에, 이목을 끌 정도로 큼지막한 토파즈 반지를 끼고 있다. 옛날부터 변함없는 그녀의 트레이드마크.

"그냥. 회사에 가서 일하고, 돌아오고, 밤에는 놀러 나가고."

밤에 놀러 나간다고 해야 15분 정도 걸어 이 술집에 와서, 한두 잔 마시고 돌아갈 뿐이다.

"코시는?"

"잘 있지. 지금 집에서 자고 있어."

친구는 조그맣게 소리 내어 웃고는, 그야 물론 있겠지, 라고 말했다.

코시는 초등학교 4학년짜리 내 아들이다. 아버지 없이 사는데도, 별 탈 없이 잘 크고 있다.

지난 1년, 사실은 많은 일이 있었다. 하지만 손가락으로 모래를 퍼 올리면 우수수 떨어지듯, 그 일들은 있으나 없으나 마찬가지였던 것처럼 여겨진다. 요즘은, 일상이란 그런 것인지도 모르겠다고 생각하게 되었다.

현재도 그렇다. 문젯거리는 늘 산더미처럼 쌓여 있다. 코시의 아버지, 그러니까 나의 연인은 최근 집 근처에는 얼씬하지 않는다. 나와 코시가 무거운 짐이라 느낄지도 모르겠다고 생각하면 몹시 우울했다. 코시는 아버지보다 삼촌, 그러니까 내 연인의 동생을 더 따른다. 고등학교 체육 선생인 그 동생이 얼마 전에 내게 프러포즈를 했다. 육체관계도 없는데 프러포즈를 하다니, 애당초 잘못된 일이란 생각도 들지만 그가 코시를 끔찍하게 위해 주고, 한 가족처럼 만나다 보니까 코시가 잠든 후에 둘이서 술을 마시면서 심각한 얘기를 나누다가 손을 잡기도 하고 키스를 한 일도 없다고는 할 수 없으니, 어쩔 수 없는 일이기도 하다.

 시골에서 혼자 사는 우리 어머니의 노후도 문제다. 고향 집은 천장이 망가져 큰비가 쏟아지면 빗물이 샌다. 방바닥에 그릇을 갖다 받치고 견디고 있지만, 비닐 같은 것으로 코팅을 한 듯한 천장은 늘 물이 차서 출렁거리고, 어떤 데는 툭 불거져 나와 있고, 군데군데 시커먼 곰팡이까지 끼어 있고, 꼴이 말이 아니다. 집주인에게 고쳐 달라고 해야 하는데, 사람을 불러 수리하려면 회사를 쉬고 집에 가야 하니, 그런 생각을 하면 그만 귀찮고 성가셔 미루고 미룬 지 벌써 반년이 지났다.

 얼추 생각해도 이러니, 지난 1년 동안 어떻게 지냈느냐는 물음에 쉬 대답할 수 없다. 또는, 대답하고 싶지도 않다.

"다츠코는? 그쪽에서 하는 일, 순조로웠어?"

"그럭저럭."

이라고 친구는 대답했다.

"들어오기 전에 신나게 쇼핑했어. 이 구두도. 멋있지?"

엷은 갈색, 대범한 디자인의 앵클부츠였다.

"중동에서?"

텔레비전 방송국에서 디렉터로 일하는 다츠코는 특별 기획 프로그램을 제작하기 위해 반년 동안 중동에 나가 있었다.

"아니, 파리."

그녀는 대답했다.

"파리에 들렀다 왔거든. 그 정도 포상은 있어야 하잖아."

다츠코는 곁에 있는 사람까지 덩달아 미소 짓지 않을 수 없는 그녀 특유의 사랑스러움으로 싱긋 웃고는 리큐르를 단숨에 들이켰다.

나와 다츠코는 고향이 같다. 고등학교는 서로 다른 곳을 다녔지만, 아르바이트를 같이 하면서 알게 되었다. 동네 한가운데로 강이 흐르는 한적하고 따분한 지방 도시였다. 속옷 전문점의 점원으로 일하는, 다소 색다른 아르바이트였다. 다츠코는 아주 우수한 점원이었고, 나는 그만그만한 점원이었다.

"어머 멋있네요. 정말 잘 어울려요. 내가 남편이라도 다시 사랑에 빠질 것 같은데요."

다츠코는 손님에게 그런 말을 아주 자연스럽게 건넸다. 반대로, 손님이 어떤 상품을 아무리 마음에 들어 해도,

"그건 절대 안 돼요. 손님의 가슴에는 그 브래지어가 안 맞아요."

라고 단호하게 말했다. 고등학생인 주제에. 그 가게는 다츠코의 어머니가 운영하는 가게였다. 다츠코는 어렸을 때부터 일하는 어머니의 모습을 보고 자랐던 것이다.

"또 사랑도 하고."

안주로 나온 초콜릿을 하나 입에 넣고, 다츠코는 정말 좋았다는 듯이 말했다.

"파리에서?"

"아니, 시리아에서."

시리아. 나라 이름의, 그 너무도 먼 울림에 나는 뭐라 대꾸하면 좋을지 순간적으로 당황한다. 모르는 것, 상상할 수 없는 것, 앞으로도 알지 못할 것, 그런 것들은 나를 늘 난감하게 한다.

"그렇잖아, 반년이나 있었는데."

뭐가 그렇다는 건지, 다츠코는 그렇게 말했다. 다츠코만큼 연애를 잘하는 사람을 나는 달리 알지 못한다.

"애욕에 빠졌어?"

"빠졌지."

다츠코는 말하고, 또 생긋 사랑스러운 미소를 짓는다.

장소는 시리아였지만 상대는 일본 사람이었다고 한다. 직물을 수입하는 개인 사업자에 시리아를 무척 좋아하는 40대 독신 — 거짓말이겠지만, 이라고 다츠코는 말했다 — 남자. 지난 반년 동안 나는 비 새는 천장과 불성실한 연인과 연인의 동생의 프러포즈와 아들의 건전한 성장과 어머니에게서 걸려 오는 긴 전화와 잡다한 일상의 문제로 우왕좌왕했는데, 다츠코는 시리아에서 일하고 일이 끝나면 밤마다 개인 사업자를 만나 거리를 어슬렁거리고 요상한 가게에서 물파이프란 것을 피우고 호텔에서 애욕에 빠졌다고 한다.

다츠코에게는 다츠코의 삶이, 스토리가 있는 것이다.

"뭐랄까, 다른 세계에서 온 것 같다 너."

어두운 술집 한구석에서, 소파에 기댄 나는 그렇게 말한다. 옆에 있는 쿠션을 가슴에 껴안고.

"내가 보기에는 너야말로 다른 세계에서 살고 있는 것 같은데.

그래도 사랑하는 남자의 아이를 낳았잖아? 나로서는 놀랄 일이지. 속옷 한 장 제대로 팔지 못했던 나나코가 말이야."

"제대로 팔았어, 속옷, 나 그 가게 속옷 좋아했다구. 지금이야 별로 신기할 것도 없지만, 코렐이다 시바리스다 지방 도시에는 흔치 않는 상품들이었잖아."

사랑하는 남자의 아이. 그 말에 마음이 흔들린 나는 단박에 말이 많아진다.

"어머니, 안녕하시니?"

또 다른 이야기. 우리들이 벌써 오래전에 떠나온 동네에 지금도 살고 있는 사람들. 다츠코의 어머니, 아버지, 동생과 그 부인, 돌아가신 할머니.

다츠코가 늘 끼고 있는 토파즈 반지는 할머니의 유품이라고 한다.

"안녕하시지. 가게는 올케가 거들고 있고. 여전히 고등학생 아르바이트생도 한 명 쓰고 있고, 우리 엄마 고등학생 교육시키는 게 좋은가 봐."

나는 눈을 감았다. 속눈썹 안으로 오래전에 살았던 동네의 공기와 거리와 가게와 강과, 아름다운 초록 버드나무 가로수가 흐른다. 하지만 그것은 아주 짧은 순간이다. 눈을 뜨면 그곳은 이미 어두컴컴한 술집이고, 모두들 과거도 가족도 고향 따위도 갖고 있지 않다는 표정으로 술을 마시고 있다. 나는 가끔 불가사의하게 생각한다. 우리가 지금 여기서 술을 마시는 이 순간, 코시가 잠들어 있는 아파트, 속옷 가게가 있는 고향 동네, 시리아란 나라가 정말 이 세상에 존재하고 있을까 하고.

"시리아의 개인 사업자는 귀국 안 해?"

내가 물었다. 다츠코는 연애쟁이지만 내가 아는 한 눈물을 질질 짜며 헤어진 적은 없다. 어느 틈엔가 미련 없이 헤어지고, 또 어느 틈엔가 다음 사랑에 빠져 있다.

"하지. 석 달에 한 번 정도는 들어오는 것 같아. 아마 만나긴 하겠지만, 여기서 만나면 그때는 이미 친구겠지."

차분한 말투로 다츠코가 말했다.

"애욕에 빠졌다면서?"

"그야 여행지에서의 일이지."

우리는 잠시, 말없이 서로의 잔을 비운다.

"언니들, 잘 있었어?"

이 술집 단골손님인 한 남자가 불쑥 소파로 옮겨 앉으며 그렇게 말했다. 체격은 다부진데 늘 애교 있는 말투로 얘기하는 남자다. 전에 한 번 이름을 들었는데, 잊어버렸다. 이 술집에 혼자 와서 카운터 자리에 앉는 손님 — 보통은 나도 그렇다 — 은 거의 늘 정해져 있어, 서로가 이곳만의 묘한 동료 의식으로 친근하게 말을 주고받는다. 절대 개인적인 영역에는 개입하지 않는 예의 바름과 영역 따위 존재하지 않는다는 듯 꾸밈없는 솔직함으로.

"물론 잘 있었죠."

생긋 웃으며 다츠코가 대답하고는,

"그쪽 말고 이쪽에 앉아요."

라며 자기 옆자리를 탁탁 두드렸다.

"예에."

다크 럼이 담긴 잔을 들고 남자는 다츠코의 옆자리로 이동한다.

물론 잘 있었지, 라고 대답한 것은 다츠코였지만, 달리 대답할 말이 없는 장소이기에 우리가 이곳을 좋아한다는 것을, 나는 문득 깨달았다.

새삼 건배를 한다. 돌아보자, 우리 말고는 손님이 없었다.

"도시야 씨도 이리 오세요."

나는 봉급쟁이 지배인을 불렀다.

우리는 30분 동안에 한 얘기를, 이름도 생각나지 않는 단골손님과 도시야 씨에게 대충 설명한다. 다츠코와 나는 고향 친구이고, 그녀는 일로 반년 동안 중동에 가 있었기 때문에 오늘 오랜만에 만나는 것이라고.

"이 구두 파리에서 산 건데, 멋지죠?"

다츠코가 친절하게도 다시 그렇게 말한다. 남자들은 정말 멋있다며 고개를 끄덕였다.

"시리아에도 유적이 있더라고요."

"그야 있지, 팔미라니 알레포니 말이야."

"사막이던가?"

"맞아요, 사막, 바그다드 카페라니까."

사 인분의 지식과 상상과 감상과 연상. 양을 먹어요, 그래서 민트 티를 마시는 건가? 아아, 그 영화에서도 그랬잖아, 사운드 트랙 있나? 틀어 봐요. 그런데 술은? 못 마시죠, 이슬람인데, 이슬람이라니까 생각났는데, 얼마 전에 내 친구가……

이름이 기억나지 않는 단골은 고양이를 두 마리 기르고 있다. 언제였나, 그렇다고 들었다. 고양이의 이름은 무와 다스케. 그건 기억한다. 아파트 베란다에다 스무 종류의 허브를 키우면서, 허브 요리를 만드는 것이 취미이자 실질적인 수입원. 아까 우리를 언니들이라고 불렀지만, 나이는 아마도 우리보다 많으리라. 복잡한 무늬가 들어 있는 손뜨개 스웨터를 입고 있다. 제 손으로 뜬 것이다. 그는 이 술집에서도 가끔 뜨개질을 한다.

다츠코가 최신판 연애의 전말을 간결하게 설명하자, 남자 둘은 마치 막 보고 나온 영화의 감상을 얘기하듯 명랑한 과거형으로, 좋았겠네, 라고 말했다. 과거형이란 것만이 다츠코의 구두와 연애의 차이점인 셈이다.

그 일로 다츠코가 무척 해방된 기분이라는 것을 알 수 있었다.

"나나코는 없어? 여행지에서의 사랑."

있다.

코시의 아버지와 여행지에서 만났다. 다츠코도 알고 있는 사실이다.

"후후후."

지금은 그때 일을 달콤한 추억으로 분류해야 할지 그것조차 모르겠는데, 여행지에서의 사랑이란 표현 때문에 먼 기억을 되살리며 슬며시 웃고 있다. 그리고,

"안 가르쳐 줘."

라고 말해 본다. 세 사람은 예의바르게 놀란다. 왜? 치, 깍쟁이, 라고. 말꼬리를 길게 늘어뜨리는 어른은 바보든지 마음이 좋든지 둘 중의 하나다.

"어디 여행할 땐지, 그 정도는 가르쳐 줘야지."

"어떤 남자였는지, 그것만이라도."

"그리고 나이. 나나코는 몇 살이고 상대는 몇 살이었는지. 참, 어느 나라 사람인지도."

나는 인심이라도 베풀듯 묻는 것에만 짤막짤막하게 대답했다. 플로리다. 큰 키에 호리호리한 몸, 긴 머리의 남자. 나는 스물둘이었고, 상대는 스물아홉. 일본 사람.

그것은 전부 사실이었다. 하지만 말로 하는 순간, 네 사람이 둘러싸고 있는 테이블 위에 현실과는 전혀 다른 낭만적인 사건으로 되살아났다.

"멋지다."

도시야 씨가 말했다. 그 여행이 볼품없게도 디즈니랜드를 노린 졸업 여행이었고, 큰 키에 호리호리한 스물아홉 살의 남자가 지금은 호리호리하지도 않고 스물아홉 살도 아니고, 다른 여자와 결혼하여 아이까지 낳고, 내가 낳은 아이에게는 양육비조차 아까워 못 주는 그런 일들은, 내가 얘기한 여행지에서의 사랑과는 전혀 무관하고 하잘것없는 것이란 기분이 들었다. 어이없게도.

"후후후."

나는 또 웃었다. 웃는 소리가 정말 너무너무 기쁘다는 듯이 울렸을 뿐 아니라, 실제로도 나를 그런 기분에 젖게 했다. 기뻐서 어쩔 줄 모르는 기분에.

"난 옛날에 오스트리아에서 연애를 했었는데. 귀족의 피를 이은 아름다운 오스트리아 유부녀하고."

도시야 씨가 말했다. 이 사람은 나이도 과거도 현재의 생활도 알 수 없는데 사진과 타인의 증언으로 젊은 시절에 온 세계를 방랑했다는 것만 밝혀진 사람이니, 그런 일이 있었을지도 모르겠다.

"언제쯤?"

럼주를 마시고 있는 남자가 묻고,

"애욕에 빠졌어요?"

라고 다츠코가 이어 물었다. 그런 일이 실제로 있었을지도 모르고, 또 어쩌면 거짓말일지도 모른다. 어느 쪽이든 마찬가지지만.

"그야 물론 빠졌지. 목이 가는 여자하고, 나, 그 목이 너무 사랑스러워서."

테이블 위에 나타난 이야기는 지금 각자가 안고 있는 과거의 이야기보다 훨씬 선명하고 발랄한 색채를 띠어 간다.

"나 젊어서 돈도 없을 때였으니까, 더러운 여관방에서 만났지만 말이야."

잔이 비면 도시야 씨가 발딱 일어나 칵테일을 만들었다. 우리는 모두 꽤나 열심히 착실하게 각자의 술을 섭취하고 소화하고 흡수했다. 그리고 가끔씩 화장실에 갔다.

시계가 새벽 1시를 가리키려 한다.

"오늘은 이제 손님 안 오려나."

투덜투덜 도시야 씨가 말한다.

"아, 배고프다. 뭐 좀 먹을까."

우동과 볶음밥과, 여기는 술집인데 늦은 밤이면 때로 밤참이 나온다.

"소고기 덮밥 먹고 싶다."

남자는 럼주를 스트레이트로 일고여덟 잔이나 마셨는데, 전혀 취하지 않은 듯 보인다.

"그럼 우리 갈까?"

도시야 씨의 그 한마디에 우리는 밤새 영업하는 소고기 덮밥 집에 가기로 했다. 새벽 1시에. 애인 사이도 직장 동료도 아닌 사인조.

"잠깐, 잠깐만. 샴페인 갖고 올게. 안 되나, 갖고 가면."

"뭐 어때? 맛있는 술이 있어야 밥도 맛있게 먹지."

부산하게 코트를 입고 장갑을 끼고 목도리를 두르고 우리 네 명은 밖으로 나갔다. 우리가 잘 알고 있는, 현실 속의 거리로.

"아, 춥다."

한겨울 도심의 밤 냄새. 이런 시간에도 여기저기 택시는 달리고 있고, 사람들도 걸어 다닌다.

"아, 좋다."

다츠코도 나도 들떠서 조잘거렸다. 우리 네 명 다 방금 전까지 술집 안에서 지어낸 이야기 속에 있었다. 이야기 속의 공기마저 고스란히 현실의 거리로 흘러나왔다.

나는 기억의 저편에서, 오늘 밤 집을 나오기 전에 먹은 저녁을 떠올렸다. 밥을 차에 말아서, 닭 가슴살 튀김과 채소 절임. 타인의 저녁 같은 느낌이었다. 다츠코는 오늘 회사 상사들이 열어 준 귀국 축하 파티에서 중국 요리를 먹고 왔을 것이다. 하지만 그 음식들은 아마도 다른 다츠코가 먹었으리라.

형광등이 켜져 있는 소고기 덮밥집은 유난스러울 정도로 밝았다. 도시야 씨는 일을 끝내고 돌아가는 길에 종종 들르는 모양이었다. 가게 사람은 인상을 잔뜩 찌푸리면서도 샴페인을 꺼내는 우리를 용서해 주었다.

"이렇게 밝은 데서 나나코 씨 보는 거 처음이네."

도시야 씨가 말했다. 나 역시 마찬가지여서 왠지 쑥스러웠다.

소설이나 영화의 등장인물과 만나는 것처럼. 또는 여행지에 있는 듯한 느낌.

이곳에서 나가면 우리는 다시 각자의 장소로 돌아갈 것이다. 고양이와 아들과 화분과 씻어야 할 그릇과 어머니에게서 걸려오는 전화와 공과금 청구서와 청혼의 답을 듣지 못한 남자와 시리아에 있는 남자로부터의 연락과 그 외의 많은 것들이 기다리는 장소로. 하지만 그것들 모두가 먼 옛날 여행지에서의 사랑처럼, 멀기만 하고 허구처럼 느껴진다. 지금, 여기서는. 나는 이 밝고 명랑한 분위기에 나를 맡긴다. 샴페인 잔을 들어 올리고,

"플로리다를 위하여."

라고 화사하게 말했다.

"시리아를 위하여."

다츠코가 말하고,

"오스트리아를 위하여."

라고 도시야 씨가 말했다. 부루퉁한 표정으로,

"그럼 나는 그 어느 곳도 아닌 장소를 위하여."

라고 말한 남자의 이름을, 그러고 보니 아직 기억해 내지 못한 나는 오히려 유쾌한 기분이다. 몇 가지 이야기와 거기에서 넘쳐 흐른 것들을 생각하면서 나는 단숨에 잔을 비웠다.

반지가 금방 쑥 빠져서, 이상하다 싶어 자기 손을 바라보았다. 손에 살이 빠졌나, 했더니 살이 빠진 것이 아니라 피부에 기름기가 빠져 전보다 가늘고 작아져 있었다. 마른 잎사귀처럼.
"나이를 먹었나 보다."
통화를 하면서 동생에게 그렇게 말했더니, 동생은 웃었다.
"괜히 신경 쓰니까 더 그렇지. 언니 아직 서른일곱이잖아. 반지가 빠지면 사이즈 줄여."
일요일. 동생은 좋아하는 남자를 만나러 나간단다. 그래서 그런 얘기 듣고 있을 틈이 없다고는 하지 않았지만, 속내는 그렇겠지 하고 나는 상상했다.

"냉정하다 너. 이 세상에 딱 둘밖에 없는 자매인데."

이 세상에 딱 둘밖에 없는 자매란 어머니가 살아 계실 때 즐겨 사용하시던 말이다.

"어때서, 손이든 뭐든 빠졌다고 하니까 나는 부럽기만 한데 뭐."

동생이 말했다.

나는 한숨을 쉬었다.

"그런 문제가 아니고. 글쎄, 너무 무미건조한 생활을 하는 게 문제가 아닐까 싶어서."

벌써 한낮인데 30분 전에 일어난 나는 아직도 목욕 가운을 입고 있다. 동생과 전화로 얘기하면서 나는 헨리를 뒷발로 서 있게 하고서 등을 껴안은 자세로 소독하고 있었다.

"지금도 그렇지, 내가 뭐 하는 줄 알아? 헨리 고추 소독해 주고 있다구, 소독."

"헨리! 헨리!"

수화기 저편에서 동생이 큰 소리를 지른다.

"그만해, 헨리가 흥분하잖아. 성질부리면 소독도 제대로 못한단 말이야."

그 수의사, 하고 나는 웅얼거렸다.

"어이가 없어서, 우리 귀여운 헨리를, 글쎄 고추가 덜 자랐다는 거야. 껍질에 덮여 있으면 불결해지니까, 매일 두 번씩 소독해 주라고."

동생은 웃으면서,

"그럼 해 주면 되잖아."

라고 말한다.

"말이나 되는 소리니, 난 아동 학대 하는 기분이라구."

아무튼, 하고 말하려는데 동생이 막았다.

"다케루 씨한테 전화해. 언니한테는 그런 남자가 필요해."

나는 천장을 올려다보았다.

"자, 됐다."

헨리에게 말하고, 그를 해방시켜 주었다.

"왜, 다케루 씨야?"

뜻밖이었다.

"나 그럴 정도로 한심하지 않아."

우울해져서, 전화를 끊었다.

커피를 끓이고, 욕조에 물을 받는다. 쌀쌀한 일요일이다. 4월인데 눈이라도 내릴 듯 하늘에는 구름까지 끼여 있고.

모든 것이 내 마음 같지 않다. 애써 외면하고 있었는데, 알아

버리고 말았다.

그렇게 주의를 기울였는데.

조심하고 주의하고, 그래 봐야 어리석은 짓이다. 당연하다. 누군가를 좋아하게 되었다면 조심 따위 내던지고, 흥분하고 들떠서 영원이니 운명이니 이 세상에 없는 온갖 것을 믿으면서 당장에 동거든 결혼이든 임신이든 해 버리는 것이 좋다.

커피를 마시면서, 나는 동생이 모르는 남자를 생각한다.

과거, 빛나는 사랑을 했다.

하지만, 그뿐이었다.

겨울처럼 무겁게 구름 진 춥고 음울한 날인데, 욕조에 벚꽃 향 입욕제를 넣었다. 좁은 아파트의 좁고 어두운 욕실에 가짜 봄 내음이 그득해졌다.

나는 뿌옇고 엷은 분홍색 물에 몸을 담그고 자신의 무게를 느꼈다.

작년에 어머니가 돌아가셨다. 아버지는 나와 동생이 초등학생일 때 돌아가셨다. 어머니를 저세상으로 보내는 것은 슬픈 일이었다. 정말 슬픈 일이었지만, 어머니를 묻고 나자 나는 이제 자유, 란 느낌이 들었다. 자유란, 더 이상 잃을 것이 없는 고독한 상태를 뜻하는 말이다.

여름이었다. 묘지는 짙고 풍성한 녹음 때문에 숨쉬기도 답답할 정도였다. 옆에는 과거에, 둘이서 빛나는 연애를 했던, 그 남자가 있었다. 우리는 그때 이미 헤어진 지 2년이 넘었는데, 남자는 어디서 어떻게 들었는지 상복을 입고 나타나 내가 울 때를 위해 옆에 서 있어 주었다. 나는 울지 않았지만 곁에 그가 있어 주어서 기뻤다.

길게 자란 머리칼이 이마에 들러붙어 성가시다 생각하면서 나는 욕실의 조그만 창문을 연다. 싸늘한 공기가 흘러 들어왔다. 나이도 먹을 만큼 먹었는데, 과거의 남자에게 집착하다니 칭찬할 얘기는 못 된다. 두서없는 회상에 마음이 쓸쓸하여 나는 철썩 소리를 내며 욕조에서 나온다. 헨리에게 사료를 주어야 한다.

현재는 헨리가 나의 유일한 가족이다. 3년 전에 남자와 헤어지자마자 데려왔다. 자전거를 타고 15분 정도 거리에 있는 사무실에 갈 때도 매일 데리고 간다.

오후에는 책을 읽으며 시간을 보냈다. 일이 없는 날, 나는 늘 시간을 어찌지 못해 몸서리친다.

"산책하러 갈까?"

헨리를 데리고 동네를 걷다가 돌아왔다.

아침부터 아무것도 먹지 않았다는 것을 알고는 스크램블드에

그를 만들고 있는데, 현관 벨이 울렸다. 다케루가 서 있었다.

"말도 안 돼, 무슨 볼일 있어?"

얼굴을 보자마자 말투가 거칠어진 것은 부끄러웠기 때문이다.

"교코가 전화를 걸었길래."

재빨리 신발을 벗고 안으로 들어오면서 다케루는 말했다.

"레이코가 따분해한다고 그래서."

커다란 주머니를 두 개나 들고 있다.

"그런 소리 듣고 오다니, 꽤나 한가한가 보네."

한가하지 않아, 라고 다케루는 말했다. 그리고는 돌아서서 내 얼굴을 똑바로 쳐다보고는,

"하지만 이거, 찬스인 셈이니까."

순간적으로 사람을 난감하게 해 놓고는, 금방 어영부영 얼버무린다. 다케루는 늘 그렇다. 이런 것은 친절이 아니다. 다른 여자에게나 그렇게 하지.

"왜 이렇게 호들갑이야."

나는 짜증이 나서, 흥분하여 껑충거리는 헨리만 괜히 혼을 냈다.

"너, 뛰면 안 된단 말이야. 허리가 약한 종이니까 뛰게 하면 안 된다고 수의사가 그랬다구."

손

헨리가 아니라 다케루에게 투덜거리는 느낌이었다. 그러나 다케루는 전혀 걱정하는 눈치도 없고,

"거, 좀 이상한 수의사네."

라고만 말했다.

다케루하고는 학생 시절에 만났다. 그냥 친구에서 육체관계를 포함한 친구가 되었다가 다시 그냥 친구가 되었지만, 한 번도 연인 사이는 아니었다. 그런 관계의 남자다. 제과 회사에 다니고 있다. 그는 내게 애인이 있든 없든, 또 자신에게 애인이 있을 때도 이렇게 불쑥 찾아오고 전화를 건다. 교코는 다케루가 나를 좋아해서 그런 것이라고 생각하지만, 좋아해서가 아니라 원래 성격이 그런 것이다.

어묵국 만들게, 라고 다케루가 말했다. 꽝꽝 얼린 워커를 가져왔으니까, 어묵하고 같이 마시자면서.

"어묵하고 워커?"

어묵국에 워커라, 얼토당토않다. 다케루 그 자신처럼 얼토당토않다.

"지금 스크램블드에그 만들고 있었는데."

저항하고 싶었는데, 기대한 만큼 단호한 말투는 아니었다.

"그건 헨리 저녁밥으로 주고."

다케루가 말한다. 나는 눈을 동그랗게 뜬다.

"기가 막혀. 헨리한테는 기름기가 너무 많아서 안 돼. 살찌면 허리에 안 좋다구."

다케루는 웃었다.

"레이코, 정말 융통성 없다."

다케루가 만드는 어묵국은 시간이 굉장히 오래 걸렸다. 소고기를 우려 국물로 쓴단다.

"너무 복잡하다."

나는 가차없이 말했다.

"어묵 국물은 다시마하고 가다랑어포로 내는 거잖아."

제 손으로는 만들어 본 적도 없으면서, 나는 단언했다. 적어도 작년에 돌아가신 어머니는 그렇게 어묵국을 만들었다.

온 집에 따스한 냄새가 풍긴다. 나는 거북살스러워서, 다케루가 켜 놓은 텔레비전을 끈다.

"왜 끄는 거야."

"시끄럽잖아. 난 텔레비전 싫어."

다케루는 긴 젓가락을 들고 스테인리스 냄비 옆에 — 레이코 질냄비 없어, 라며 놀랐지만 — 지킴이처럼 서 있다.

"그럼 텔레비전이 왜 있는데?"

잠시 생각하고서,

"비디오 보려고."

라고 대답하자, 다케루는 웃었다.

저녁이다. 손수 만드는 음식 냄새는 딱 질색이다. 나는 거실 창문을 열고는 금방 후회한다. 음식 냄새도 나를 불안하게 만들지만, 그것이 주택가의 저녁 냄새와 뒤섞이면 더더욱 불안해진다. 베란다에 나서면 움직일 수조차 없어진다.

정말 멀리까지 왔다는 기분이 들었다. 너무 멀리 와서, 어디로도 돌아갈 수 없다는 기분이.

베란다에서 보는 실내는 불이 켜져 있어 밝고, 냄비에서 피어오르는 김과 냄새, 내 집 같지가 않다. 게다가 좋아하지도 않는 남자가 부엌에 서서 음식을 만들고 있다.

나는 동생을 저주했다. 어린애 같은 짓일지 몰라도, 나는 오래전에 사랑한 남자를 지금도 사랑하고 있다. 그리고 그 남자와 함께 살았던 때의 내 모습 그대로 살고 싶다고 생각한다. 그런 상태를 고독하다 한다면, 나는 '고독 만세'라 외치고 싶다.

하지만 어묵국은 과연 맛있었다.

끈적하게 녹아내린 워커가 그 맛에 멋들어지게 어울렸다. 나는 내 마음과는 무관하게 몸이 따스하고 나른해지는 것을 느꼈다.

"고마워."

그래서, 그렇게 말했다.

"백 년 만에 먹어 보는 밥 같다."

다케루가 어떻게 그걸 알았는지는 알 수 없다. 하지만 그 순간 다케루는 알고 있었다. 그리고,

"알아."

라고 다소 자조적으로 말했다.

"괜찮아. 다 아니까."

그러고는 잔 두 개에 워커를 철철 따르고는,

"하지만, 예기치 않은 일에 귀찮아지는 것도 괜찮잖아."

라고 말했다.

나는 그 말이 무슨 소린지 알지 못했다.

가령 오늘 밤 내 집에서 다케루와 가벼운 마음으로, 또는 애매한 기분으로 포옹하는 것과, 오기를 부려서라도 그렇게 하지 않는 것 중에서 — 나는 오기로라도 그렇게 하지 않으리란 것을 알고 있지만 — 어느 쪽이 더 어린애 같은 처신이고 어느 쪽이 더 고독한 몸짓인지.

식사가 끝났는데도 우리는 계속 워커를 마셨다. 때로 목이 마르면 맥주를 마셨다.

"옛날이야기 같은 거 하지 마. 학생 시절 얘기도, 옛날 여자 얘기도."

내가 말하자, 다케루는 피식 웃으며,

"용의주도하네."

라고 말했다. 옳은 말씀, 나는 속으로 중얼거린다.

"그래도 텔레비전 켜자."

안 돼, 라고 단박에 거부한다. 침묵이 흐른다.

다케루가 돌아가면, 하고 나는 생각한다. 다케루가 돌아가면 환기를 시키고, 목욕을 한 번 더 하자. 그리고 동생에게 전화를 걸어 화를 낸다. 여느 때의 나를 되찾기 위해서.

"답답하다."

다케루가 말했다.

"그래?"

내 뜻에 반하여 심장이 쿵쿵거리기 시작한다. 마치 남자와 둘이서 처음 식사한 여자처럼. 다케루의 일거수일투족에, 거의 온몸의 신경이 집중된다.

"손이 말라비틀어졌어."

긴장을 견디지 못하고, 나도 모르게 그렇게 말했다.

"이것 좀 봐. 마른 잎사귀 같지?"

한 손을 내밀고, 손가락을 쫙 펼쳤다. 그러고는 당황하여 손을 움츠렸다. 손은 매끈매끈, 화사한 분홍색이었다.

"그래?"

다케루는 말하고, 일어서면서 접시에 남아 있는 어묵 경단을 헨리에게 던져 주었다.

"저기."

나도 일어나 뭐라고 화를 내려는데, 다케루가 난폭하게 끌어 안았다. 마음이 흔들리고 다리가 떨려, 나 자신도 어처구니가 없었다. 다케루의 팔이 내 머리를 껴안아, 내 눈과 코와 입이 다케루의 그 가슴에 짓눌릴 것 같았다.

키들키들 웃음이 터져 나왔다. 나는 내가 울음을 터뜨린 것은 아닐까 겁을 먹었는데, 웃고 있었다.

"어묵국, 맛있었어."

현관에서 그렇게 말하며 다케루를 배웅했다.

그리고, 아까 생각한 대로 문을 열어 방 안 공기를 갈고, 부엌을 치우고 설거지를 하고, 그것도 모자라 청소기도 돌렸다. 입고 있는 옷을 속옷까지 전부 세탁기에 던져 넣고 스위치를 눌렀다. 그리고 목욕을 했다.

동생에게 전화를 걸어, 투덜거렸다.

"예기치 않은 일 때문에 귀찮았어."

동생은 웃었다. 봄날의, 싸늘한 일요일에 있었던 일이다.

아침, 다카시가 전화를 걸어 내가 나오는 꿈을 꿨다고 했다. 둘이서 크리스마스트리를 사는 꿈이었다고 한다.

"그런데 그 트리가 좀 이상했어. 나무가 아니고 알전구만 달려 있는데, 파란색, 콩알만 하고 예쁜 전구였어."

라고.

나는 어쩌면 울었어야 했는지도 모른다. 좋아하는 남자가 그렇게 암시로 가득한 꿈을 꿨다는 것만으로도 가슴이 벅찬데, 그렇게 솔직하게, 부드러운 목소리로 설명을 해 주다니 대참사다.

"흥미로운 꿈이네."

하지만 나는 차분하고, 미소까지 머금은 목소리로 그렇게 대답했다.

"그래 말이야."

다카시는 수화기 저 너머에서, 그렇게 말한다.

"나무인 줄 알았는데 나무가 아니라 알전구뿐이고, 이상하다 싶어서 이리저리 찾아봤거든, 나무에 감겨 있는 거겠지, 하고 그 파랗고 조그만 전구를 잡아당기는데, 아무리 당겨도 전구만 엉겨 있고 나무는 없는 거야."

다카시가 일을 그만두고 다른 여자와 관계를 갖고는 집을 나간 지 반년이다. 그런데도 다카시에게 아야노는 물론 각별한 존재라서 — 아야노는 내 이름이다 — 때로 찾아왔다가 또 나간다.

다카시는 건강한 영혼을 갖고 있다. 그래서 나는 다카시를 좋아한다. 하지만 한 남자를 진정 좋아한다는 것은, 엄청나게 큰일이다.

토요일, 나는 조카를 데리고 요요기에 가야 한다. 조카는 요요기에서 바이올린을 배우고, 치과 위생사인 내 동생 — 조카의 엄마 — 은 토요일에도 일해야 하기 때문이다.

나는 소설을 쓴다. 소설을 쓰기 전에는 직업이 없었다. 대학을 중퇴한 지 십여 년, 나는 여행과 아르바이트만 하면서 살았다. 틈

틈이 누군가를 만나 사랑하고 함께 살고, 합의하에 헤어지고, 합의 없이 어느 한쪽이 사라지고, 물도 안 나오는 냄새나는 방에서 생활한 적도 있었고, 그 방에서도 쫓겨나 밤새워 거리를 헤맨 적도 한두 번이 아니다. 얻어맞은 일도 패댄 일도 있다.

아야노는 육체노동을 할 수 있으니까 좋겠다, 라고 언니는 말했다. 하지만 동생, 육체노동은 끝없이 할 수 있는 게 아니니까 언니도 슬슬 생각해 봐야 할 거야, 라고 말했다.

자격증 하나 없으면서 짧은 기간에 뒤탈 없이 돈을 버는 데는 육체노동이 좋은 방법이었다. 하기야 그 분야에서는 남녀의 능력차가 심하니까, 내가 할 수 있는 육체노동은 웨이트리스나 공사 현장에서 교통정리를 하거나 중국 음식점에서 이리저리 배달을 다니거나, 그 정도였지만.

다카시는 여행지에서 만났다. 영국 노퍽 지방의 해변 술집에서. 다카시는 큼지막한 머그로 맥주를 마시고 있었다.

나의 여행은 짧게는 2주일, 길게는 8개월인 적도 있었다. 그때는 한 달 정도의 여행이었다. 조그만 여관에 머물면서 글래스고에서 런던까지, 기차를 타고 해변을 따라 남쪽으로 내려가는 중이었다.

내가 찾은 거리거리의 풍경은 하나같이 쓸쓸했다. 어둡고 춥고, 해변에는 해초가 파도에 밀려 올라와 있었다. 구멍 뚫린 그물이 사방에 방치되어 있었다.

"이런 데서 아무 목적도 없이 어정거리고 있다니, 내가 좀 어떻게 됐나 봐."

저녁이었고, 바람이 불면 죽은 물고기 냄새가 풍겼다. 모래사장을 어기적어기적 걸으면서, 나는 조그만 소리로 투덜거렸다.

나의 여행은 늘 그런 식이었다. 나 스스로 갈 곳을 고르고, 내 힘으로 돈을 벌어 모으고, 혼자 여행하면서 끝내는 우울해지고 만다. 추위와 더위에 진저리를 치고, 고독을 고통스러워하고, 이런 곳에는 두 번 다시 안 온다고 다짐한다.

그런데도 일본으로 돌아와 얼마 있지 않으면, 또 어디론가 떠나고 싶어 갈 곳을 정하고 돈을 모으고, 필요한 것들만 꾸려서 집을 뛰쳐나간다.

그래도 노픽은 술집만큼은 멋진 곳이었다. 곳곳에 널려 있는 술집들은 모두 아담하고 따스하고 편안하고, 커다란 머그에 따라 주는 맛있는 맥주를 다들 느긋하게 한 모금 한 모금씩 마신다. 새우와 양송이를 마늘과 함께 볶은 소박하지만 훌륭한 안주와 함께.

사람이 있고 생활이 있는, 그 기운만으로 풍성했다.

그곳에 다카시가 있었다. 검고 숱 많은 머리칼은 손으로 뒤섞어 놓은 것처럼 엉망이고, 어깨가 넓어서가 아니라 어깨와 가슴팍이 두꺼워서 행복하고 남성적이란 인상을 자아내고 있었다. 감색 스웨터에 청바지, 그리고 짙은 황록색 스포츠 웨어를 껴입고 있었다.

다카시는 그곳에 눌러살고 있었다.

다카시와 몸을 나누는 것은 내 인생 최고의 놀람이었다. 그렇게 편안하고 매끄럽게, 그리고 빈틈없이 딱 겹쳐질 수 있다니. 그렇게 기뻐하면서 달콤하게, 웃으면서 사랑하고, 그칠 줄 모르는 한없는 마음으로, 창밖에서는 태양이 하늘을 질러 수평선 위로 떨어져 방 안이 천천히 어두워지는 것조차 모르고, 자신의 손과 발과 눈과 입술, 온몸이 내가 아닌 다른 생물처럼 제멋대로 꿈틀대며, 더 더 더 더 다카시의 머리칼과 볼과 가슴과 배와 허리와 무릎과 허벅지와 발목과 손가락과 팔을 만지고 싶어 하고, 얽히고 싶어 하고, 다카시의 향그러운 살냄새와 따스함, 그리고 거기에 다카시가 존재한다는 사실만이 매끄러운 물이 되고 햇살이 되어 내게로 쏟아지고, 너무너무 멋지다고 자신의 몸의 발랄한 생동감에 놀라고, 아까부터 조그맣게 그러나 행복한 웃음소리가 들린다 싶어 귀 기울이려는 순간, 그 소리가 자신의 목에서 나온다는 것을 알고는, 이번에는 소리 내어 환하게 웃는다. 아무튼 더 더 더 더, 하고 끝없이 탐닉하지만 이미 충분히 만족된 상태여서, 나와 다카시의 그 행위는 이제 사막에서 빙빙 돌아가는 스프링클러 같은 것이다. 풍부한 물줄기를 좍좍. 온 사방에 물방울을 튕기면서.

다카시와 나는 함께 여행을 끝냈다. 동지를 만났다고 생각했다. 우리는 같이 귀국하여 아파트를 빌렸고, 같이 살기 시작했다.

지금은 그 아파트에서 나 혼자 살고 있다.

그토록 빛나고 한없이 풍요로웠던 연애 감정이, 어느 날 갑자기 꼬리를 감추었다.

그다음이 골치 아팠다. 몸도 마음도 여전히 여기에 있고, 다른 남자와 관계를 가져도 그것은 다른 무엇이지 다카시를 대신하는 것은 아니었다.

다른 여자와 잤다며 다카시가 내게 사과했을 때, 나는 어쩌면 울어야 했는지도 모른다. 다카시가 나보다 솔직할 뿐, 우리는 같은 유였다.

"알고 있어."

하지만 나는 그렇게 말했다. 다카시는,

"역시, 그럴 줄 알았어."

라고 말하며 희미하게 웃었다.

"아야노는 다 알아 버린다니까."

라고.

그때 내 심장의 일부는 이미 죽었다. 너무나도 외로워 말라비틀어져.

조카인 나츠키는 이제 겨우 일곱 살인데 벌써 눈이 나빠, 조그맣고 귀엽고 편평한 코에 투명한 분홍색 테의 안경을 올려놓고 있다. 그 안경이 조금은 크다 싶다.

우리가 요즘 좋아하는 인사법은 코와 코를 마주 비비는 것, 나츠키는 그 하얗고 낮은 코를 내 코 아니 뺨에 북북 비비대면서 웃는다.

우리는 손을 잡고 버스 정거장까지 걸어가 버스를 타고 교도역으로 나가 전철을 탄다.

"얘기해 줘."

얼굴도 말꼬리도 올리고, 자 준비 됐어요, 란 식으로 나츠키는 말한다. 나는 언젠가 책에서 읽은 '공중에 매달린 저승사자' 얘기를 해 주었다. 나츠미는 얌전한 표정으로 들었다. 무슨 생각을 하고 있는 듯한 표정을 지을 때, 나츠키의 볼은 평소보다 봉긋하다.

그것은 저승사자를 자두나무 꼭대기에 매달아 두고 오래오래 살았다는 어떤 할머니 이야기다. 덕분에 죽음을 앞둔 병자와 죽고 싶어 하는 사람마저 죽지 못하고 고통스러워한다.

전철 안은 난방이 지나쳐 후끈 더웠다. 나는 창밖으로 스치는 빌딩과 가로수와 길과 차들의 싸늘한 색을 멍하니 바라본다. 통과하는 역의 플랫폼과, 서 있는 사람들의 코트를.

"이모, 오늘 우리 집에 놀러 올 거야?"

나츠키가 묻는다.

"아니."

나는 대답한다.

"오늘은 할 일이 좀 있어. 다음에 갈게."

동생에게 혼나겠다.

창밖을 보면서 나는 그렇게 생각한다. 나츠키한테 그런 무서운 이야기 해 주지 마. 그 아이 겁낸단 말이야.

나츠키는 한쪽 손은 내게 맡기고 다른 한 손으로 은색 손잡이를 잡고 문 너머로 밖을 보고 있다.

나는 나츠키를 내려다보면서, 이 아이도 언젠가 여행을 할까, 하고 생각했다.

나츠키는 감색 외투를 입고, 회색 타이츠를 신고 — 타이츠는 발목께에서 접혀 주름져 있다 — 검정 구두를 신고 있다. 검정 바이올린 케이스는 동생의 주의를 무시하고 선반에 올려놓았다.

아파트의 한 방에서 개인 레슨을 받는다. 나츠키는 동생이 가르쳐 준 대로 벗은 구두를 바깥쪽으로 방향을 바꾸어 가지런히 놓는다. 그러고는 구조를 아는 타인의 집으로 먼저 들어가 거실 의자에 앉는다. 나는 다른 의자에 앉아 들고 온 문고본을 펼친다. 차례가 올 때까지 여기서 책을 읽으면서 기다리려는 것이다.

청회색 카펫과 짙은 갈색과 하양의 줄무늬 커튼. 테이블에는 뜨거운 물이 들어 있는 보온병과 종이컵과 녹차 팩과 인스턴트 커피가 놓여 있다.

나츠키는 두 손을 엉덩이 밑에 깔고 다리를 덜렁거리면서, 레슨실 문을 물끄러미 쳐다보고 있다.

물론 방음 장치가 되어 있지만, 거실에 있다 보면 소리가 적지 않게 새어 나온다. 나는 그만 눈썹을 찌푸리고 만다. 비교적 잘하는 학생이라 감정이 넘치는 데다 미묘하게 음정이 어긋나, 솔직히 귀에 거슬린다. 배운 지 오래지 않은 나츠키가 오히려 훨씬 따뜻하고 품위 있는 소리를 낸다고 나는 생각한다. 악기를 사용한 대화 같은, 라리루루, 뽀로리롱, 키룽키룽, 하고 짧은 마디마디밖에 소리 내지 못하지만.

문이 열리고, 학생이 나오고 나츠키가 들어간다. 케이스에서 꺼낸, 반짝반짝 좋은 냄새가 나는 새 바이올린을 껴안고, 마지막으로 한 번 불안한 듯 돌아보고는.

"왜 호적에 안 올리는데?"

다카시를 소개했을 때, 언니는 이상하다는 듯 그렇게 물었다.

"안 그래도 괜찮으니까."

나는 자랑스러움에 벅찬 가슴으로, 그렇게 대답했다. 옆에서 다카시가, 내 정수리에다 입맞춤했던 것을 기억하고 있다. 언니와 형부가 어이없어했지만, 우리는 행복했다. 우리는 그 누구도 상관하지 않았고, 겁나는 것도 없었다. 아니 무엇엔가 두려워하는 것만이 겁났다.

우리는 아무런 이해관계 없이 서로를 사랑하고 싶었다. 또 언젠가 어느 한쪽의 마음이 변하면 무조건 용서하고 떠날 수 있으리라 믿고 싶었다.

우리 자매는 할머니 손에서 자랐다. 나는 다카시를 할머니에게 소개하지 못한 것을 아쉬워했다.

할머니는 살아 계실 때, 연금을 받을 때마다 손녀들에게 용돈으로 나눠 주었다.

"난 쓸데가 없으니까."

라면서.

늘 1만 엔씩 반듯하게 접어 종이봉투에 넣어 주었다. 할머니가 당신 자신을 위해 사는 것은 멘소래담과 콜드크림과 종이봉투뿐이었다.

나는 당시 직업도 없고 돈도 없었지만, 할머니가 주신 1만 엔을 쓸 수가 없었다. 그것도 슬프고 고귀한 무엇이었다. 나는 할머니의 사랑을 그대로 종이봉투에 담아 서랍 속에 쌓아 놓았다. 지금도 그 자리에 있다.

나와 언니와 동생은 터울이 별로 없어 가족에 얽힌 거의 비슷한 기억을 공유하고 있다. 엄마가 다른 남자와 밀회를 나누었던 나날도 그 무렵 엄마가 얼마나 예뻤는지도, 엄마의 가출도 그 후의 집안도, 와이셔츠 소매를 걷어 올린 아빠의 팔과 손목시계도, 차 찌꺼기를 뿌리고 현관을 쓸던 할머니의 모습도 할머니 방의 냄새와 경대 위에 놓여 있던 멘소래담과 콜드크림도, 할머니가 싸 주는 도시락은 늘 손수건이 너무 꽉 묶여 있어 푸는 데 조금은 힘이 필요했지만 그 단단했던 매듭도, 아빠의 하얀 차와 파란 차도, 여름 방학이면 종종 갔던 바다 옆 온천장도, 우리 자매의 입학과 졸업, 발열과 치통과 히스테리와, 아무튼 모든 것을 — 싫든 좋든 상관없이 — 셋이서 보고 지나온 기억으로 갖고 다닌다.

언니는 결혼하고 나는 방랑하고, 할머니는 돌아가시고 동생은 아이를 낳았다. 나츠키는 우리 자매가 자란 그 집에서 우리의 동생인 그녀의 엄마와, 우리의 아빠인 그녀의 할아버지와 셋이서 살고 있다.

나츠키의 레슨이 끝나기를 기다리면서 난 다카시를 생각한다.

"우리, 이제 곧 추락할 거야."

더 이상은 웃음소리도 달콤한 말도 쥐어짜도 나오지 않는데, 여전히 편안하고 매끄럽게 빈틈없이 딱 겹쳐지는 잔인한 몸을 나눈 후, 나는 다카시에게 그렇게 말했다. 메마르고 냉담한, 아니 무표정한 목소리였지만 다카시는 못 들은 척 묵묵히 담배를 피웠다. 텅 비어 외로운 마음인데 마치 풍족한 것처럼 깊은 숨을 내쉬다가, 그만 나는 내 몸이 정말 충족돼 있다는 것을 알고는 경악했다.

나는 변화에 잘 적응하지 못한다. 다카시도 나도 변했는데, 어느 쪽도 변화를 원하지 않는다는 것을 중요하게 여긴다. 우리 둘 다 영원히, 사막에서 빙글빙글 돌아가는 스프링클러일 수 있다고, 쉬 믿었다. 여기는 노벅이 아닌데도.

문을 열고 볼이 발그스름해진 나츠키가 나온다. 레슨이 끝나면 나츠키의 볼은 늘 발그스름하다. 나는 책을 덮고 나츠키의 두 발에 부딪칠 듯 그녀를 안았다. 그때 문으로 들어가는 다음 학생의 머리 너머로 선생님과 눈이 마주쳐, 가볍게 인사했다.

나츠키는 내게 바이올린을 건네고는, 내 허리에 두 팔을 감고 내 허벅지 사이에 얼굴을 묻고 있다. 그 자세로,

"나, 동그라미 받았다."

라고 말한다.

바이올린 레슨이 끝나면 늘 피치 멜바를 먹으러 간다. 우리는 손을 잡고 하라주쿠까지 걸어가 늘 가는 프루트 팔러에서 그것을 주문한다. 피치 멜바 하나와 뜨거운 커피 한 잔.

나츠키는 몸집이 작아 하얗고 네모난 테이블이 가슴에 닿는다. 엷은 분홍색 테의 커다란 안경.

이 나라 저 나라를 여행하던 때, 묘지를 즐겨 산책했다. 묘비명을 읽는 것을 좋아했다. 자신의 묘비명을 상상하기도 했다.

'여기 유키무라 아야노 잠들다. 강한 여자였다.'

하지만 실은 그때 이미, 울 준비는 되어 있었다.

"나츠키, 너 울보니?"

나는 조카에게 묻는다. 그녀는 진지한 표정으로 잠시 생각하다가,

"가끔은 울어."

라고 대답했다. 우는 것은 나쁜 일도 좋은 일도 아니라는 식으로.

나는 왠지 행복해진다.

"더 강해지고 싶다고 생각해 본 적은?"

나츠키는 또 진지한 표정으로 생각하고는 머리를 어깨에 닿을 정도로 갸웃하고서,

"모르겠어."

라며 강아지처럼 귀엽고 깜찍한 얼굴로 웃었다.

"이모는 강한데."

피치 멜바를 먹으면서 어른스러운 말투로 덧붙인다. 아이스크림이 차가워, 얼굴색이 스산하다. 나는 여행지에서 싸운 이야기와 극장에서 자기 사타구니로 내 손을 가져가려는 남자의 얼굴에 침을 뱉은 이야기를 한다. 나츠키는 겁먹은 듯 고개를 움츠리고는, 늘 그렇게 말하며 감탄해 준다.

나는 나츠키를 데리고 언젠가 파리에 가고 싶다고 생각한다. 오늘처럼 추운 겨울밤, 파리에서 걸쭉하고 뜨거운 생선 수프를 먹여 주고 싶다. 바닷속 생물들의 생명 같은 맛이 나고 온갖 향신료의 맛이 섞인, 뼈까지 영양이 녹아드는 생선 수프다. 나는 그 풍요롭고 행복한 음식을 다카시가 아닌 남자에게 배웠다. 오래전, 내가 지금보다 훨씬 격렬한 여자였을 때. 이걸 몸에 넣으면 강해질 수 있어, 라고 나는 나츠키에게 말하리라. 도무지 현실 같지 않다고 여겨질 만큼 슬픈 눈을 만났을 때, 생선 수프를 먹은 적이 있는 사람은 굉장히 강하거든. 바닷속 생물들이 지켜주니까.

나츠키를 데려다주고 나는 다카시와의 약속 시간에 늦지 않게 서둘러 아파트로 돌아간다. 역의 계단을 뛰어서 오르내린다.

어제저녁 몸을 나눈 남자의 얼굴과 목소리와, 그때 배경 음악으로 흘렀던 리스트의 피아노를 떠올리면서 동시에 다카시가 미치도록 보고 싶어 거의 울먹인다.

다카시도 다른 여자와 정사를 거듭하고 있으리라.

현관에서 헤어질 때, 나츠키가 내게 손을 흔들며,

"안녕."

이라고 말했다.

"안녕, 다음 주에 또 봐."

라고.

그녀가 사는 집 — 과거에는 내가 살았던 집 — 의 문 옆에는 매화나무가 있고, 우편함 바로 밑에는 길고양이를 위해서 먹이를 담아 두는 그릇이 있다.

과거에는 내가 살았던 집.

나는 다카시의 친절함을 저주하고 성실함을 저주하고 아름다움을 저주하고 특별함을 저주하고 약함과 강함을 저주했다. 그리고 다카시를 정말 사랑하는 나 자신의 약함과 강함을 그 백배는 저주했다. 저주하면서, 그러나 아직은 어린 나츠키가 언젠가 사랑을 하고 연애를 한다면, 더 강해 주기를 기도했다. 여행도 많이 하고 맛있는 것도 많이 먹고, 한껏 사랑받고, 몸도 마음도 건강해지기를 기도했다.

나무가 없는 크리스마스트리 꿈을 꾸었다.

좋아하는 남자가 전화를 걸어 그런 말을 해도, 꿋꿋이 제정신을 유지할 수 있도록.

우하우하로구나, 라고 아빠는 말했다. 생일이나 크리스마스, 손님이 오거나 외식을 하러 나가거나 엄마와 쇼핑을 하러 갈 때처럼, 아이들이 신나 하는 일이 겹치거나 계속되면 놀리듯, 야 이거 우하우하로구나, 라고.

니이무라 씨는, 나직하게 웃었다.

"우하우하라. 좋은 말인데."

비가 내리고 있다. 우리는 해묵은 여관의 한 방에 있다. 유카타에 누비옷을 걸친 모습으로, 편안하게. 방 안은 어둡다. 히나 인형 세트에 달려 있는 초롱 같은 모양의 전기스탠드가 하나 베개 맡에 켜져 있을 뿐이다.

"그런데, 그게 뭐가 무서웠어?"

니이무라 씨는 옆방에 있다. 하지만 장지문이 활짝 열려 있어, 내가 앉아 있는 이부자리에서 두 걸음 정도면 닿는 위치다. 니이무라 씨는 그 위치에 다리를 쭉 펴고 앉아 적포도주를 마시고 있다. 천천히.

"말."

나는 대답했다. 우리는 어렸을 때 무서워한 것, 을 얘기하고 있다.

"우하우하란 말이, 왠지, 무서웠어."

상식을 벗어난 말처럼 들렸다. 아빠가 그 말을 하고 나면 목소리는 사라져도 강박적인 명랑함과 쓸쓸함이 공중에 떠다녔던 것처럼.

"나도 좀 마실까?"

나는 그렇게 말하고, 이부자리에 납죽 앉은 채 한 손을 뻗는다.

"좋지."

라고 말하고 니이무라 씨는 내게 잔을 건넨다. 엎드린 채로 손을 뻗어. 나는 가볍게 입맞춤하고 잔을 받는다.

조금 전에, 우리는 서로의 몸을 안았다. 행위를 하고서 금방 술을 마시면 나는 늘 취해 버린다. 그래서 시간을 두고 조심스레 마신다. 아마도, 니이무라 씨와의 정사가 너무도 달콤한 탓이리라. 나는 텅 비고 만다. 그래서, 눈앞에 있는 것을 허겁지겁 흡수해 버린다.

"성에 차지 않아서."

니이무라 씨가 말했다.

"응?"

나는 되묻는다. 포도주는 니이무라 씨가 좋아하는 고급스런 것이지만 내 혀에는 늘 그런 것처럼 곰팡내 나는 뒷맛이 남는다.

"성에 차지 않아서란 말이 무서웠어, 난. 그냥 막연하겠지만."

나는 잠시 그 말의 뜻을 생각하고, 솔직하다는 느낌에 미소 지었다.

"성 자가 붙는 단어는 대충 다 좋아하지 않았지."

니이무라 씨가 계속 말한다.

"성악이니, 근성이니."

"그렇네. 알 것 같아."

막 미소를 지었는데, 나는 내 두 눈에서 줄줄 흘러넘치는 눈물을 느낀다. 당황해서, 닦아 낸다.

오늘은 참 슬픈 날이었다.

코를 훌쩍이며, 서둘러 웃었다.

"옛날에 살던 집 옆에."

밝게 말해 보았지만, 목소리는 한껏 젖어 있다.

"칠칠치 못한 여자가 살았었어."

칠칠치 못한 것이 아니었는지도 모른다. 30대 중반쯤이었을까. 단독 주택에서 혼자 애완견 두 마리와 함께 살았다. 어떤 사업가의 정부라는 소문이 나돌았다. 그녀는 하루 종일 속치마 바람으로 지내는 것 같았다. 롤을 감은 머리에 망을 덮어씌우고 있는 적도 있었다. 그런 모습으로 아무렇지도 않게 쓰레기를 버리러 나왔다. 대문 앞을 쓰는 일도 있었다.

동네 여자들은 물론 우리 엄마도 그녀를 싫어했다. 칠칠치 못한 여자라고 수근댔다. 나는 그게 무서웠는데, 그게 험담인지 속치마 바람의 여자인지 우리 엄마인지는 알지 못했다. 아니, 제대로 구별이 안 갔다.

비는 아직도 내리고 있다. 창문은 다 꼭꼭 닫았는데, 마치 귓전에서 속삭이듯 쏴아쏴아 하고 가느다란 소리가 가깝게 들린다. 내가 앉아 있는 이부자리는, 그 소리에 젖은 듯 점차 눅눅해진다.

"무서운 게 많았네."

내 이야기를 잠자코 다 들은 니이무라 씨가 말했다.

그랬다. 나이가 한 자릿수였을 때 이미 사람은 무섭다는 것을

잃다

알고 있었다. 가령 친부모라도, 내가 아닌 다른 사람의 마음속은 깊은 어둠이라는 것을 잘 알고 있었다.

"이제 그만 자야겠다."

또 눈물이 흘러, 나는 포도주 잔을 니이무라 씨에게 돌려주면서 말했다. 이번에는 입맞춤하지 않았다. 슬퍼서, 그럴 수가 없었다. 니이무라 씨는 한 손으로 받아 든 잔을 쳐다보지도 않고 그대로 다다미 위에 내려놓으면서, 다른 손으로 내 머리를 끌어당겨 억지로 입을 맞추었다. 뒷머리를 받친 손바닥. 다음 순간 그의 손이 턱을 살짝 잡고 두 손가락으로 볼을 누르면서 입을 연다. 미끄덩 혀가 들어온다. 강렬한 혀다. 그것은 내가 알고 있는 혀와는 전혀 다른 모양인 것 같다. 따스하고 보송보송한 손바닥이 어느 틈엔가 내 가슴을 천천히 감싸고, 움켜쥐고 밀어 올리고. 처음에는 한쪽만, 그러다 양쪽 다. 나는 이미 누비옷은 입고 있지 않은 듯하다. 허리띠도 풀려 있다. 니이무라 씨는 천수관음 같다.

우리는 어제 이곳에 왔다. 도쿄에서 떠날 때는 눈이 부시도록 화창해서 하늘까지 우리의 앞길 — 여행이 아니라 앞으로의 인생 — 을 축복해 주는 것 같았다. 열차는 비어 있고, 우리는 네 자리를 차지하고 마주 앉아 도시락을 먹었다. 껍질째 매콤 달콤하게 구운 새우와 쫀득쫀득하게 조린 삼치. 그런 도시락을 사 먹는다는 자체가 우리가 행복하다는 증거였다.

여관 사람들은 한눈에 우리를 불륜 커플이라 여겼으리라. 직원이 짐을 들고 방을 안내해 줄 때, 나는 분명하게 느낄 수 있었다. 하지만 우리는 둘 다 독신인 연인 사이다. 오래도록 기다린 니이무라 씨의 이혼이 겨우겨우 성립된 참이었으니까.

정말이지 우리는 오래 기다렸다. 처음 만났을 때, 나는 스물셋, 니이무라 씨는 서른여섯이었다. 그리고 15년이란 시간이 흘렀다.

"우리, 같이 살 수 있는 거야?"

니이무라 씨의 이혼이 성립되고서 백 번도 더 물은 것을, 나는 또 묻는다.

"그럼."

니이무라 씨가 대답한다.

"이제 뭐든 할 수 있지."

몇 번이나 같은 말을 듣는데도 믿겨지지 않았다. 믿겨지지 않아도, 또 듣고 싶었다.

우하우하로구나.

아빠가 봤으면, 아마도 그렇게 말했으리라. 미치루 우하우하로구나.

그리고, 지금 물론 그렇다. 그 말은 좋아하지 않지만 나는 기쁘고 기뻐서, 갑자기 인생이 무서워졌다. 눈 없이 살아왔는데 갑자기 눈을 껴 집어넣어, 선반 위에서 그 눈으로 세상을 보게 되는 먼지투성이 달마상처럼.

우리는 해 질 녘의 온천가를 산책했다. 나는 아무튼 기쁘고 기뻐서, 뜻도 없이 뛰었다가 돌아와 니이무라 씨의 손을 잡고, 그러다 쑥스러워 그 손을 놓고, 그랬다.

물이 많지 않은 강이 흐르고 있었다. 강에는 다리가 있고, 그 다리에서 옅은 물색 하늘이 보였다. 정기 휴일인지 안쪽에 커튼이 쳐져 있는 자전거 가게의 유리문도. 바람이 살살 우리를 어루만졌다.

"미치루."

이름을 불러 돌아보면 또 입맞춤이다.

여관으로 돌아와 대욕탕에 갔다. 이전에는 남탕과 여탕으로 나뉘어 있는 것조차 싫었는데 지금은 아무렇지도 않았다. 마사지 의자가 있는 곳에서 만나, 같이 방으로 돌아왔다.

저녁을 먹고 섹스를 하고, 이번에는 방에 달려 있는 조그만 노천탕에 둘이 몸을 담갔다. 뜨거운 물이 밤 속에서 거뭇거뭇하게 보였다. 니이무라 씨는 뒤에서 나를 꼭 껴안은 자세로 물에 몸을 담갔다. 부력과 중력 사이에서, 피부와 피부가 후후 웃는 것 같았다.

"꿈만 같다."

안락의자 같은 니이무라 씨의 몸에 기대어 땀이 송송 돋은 얼굴로 나는 말했다.

"정말, 현실 같지 않아."

그런데도 나는 외로움에 사로잡혀 있었다. 외로움은 서늘한 밤기운이 되어 나를 감싸고, 한없이 퍼져 나갔다. 현실 속에서.

니이무라 씨가 먼저 나갔다. 금방 나갈게, 라고 말하고 나는 노천탕에 잠시 더 남았다. 혼자서. 어째서인가, 니이무라 씨를 잃을 것만 같았다. 아니면 벌써 잃어버린 듯한 느낌이었다. 그것은 심장이 얼어붙을 듯한 공포였다.

눈앞에 키 낮은 나무들의 화단이 있었다. 화단도 온천물처럼 거뭇거뭇하게 보였다. 콘크리트로 다진 땅도 거뭇거뭇하게 젖어 있었다. 머리 위로는 달도 별도 없고 구름 모양만 희미하게 알아볼 수 있는 밤하늘이 거뭇거뭇 싸늘하게 펼쳐져 있었다.

언젠가 아내와 헤어지면, 이라고 니이무라 씨는 몇 번이나 말했다. 하지만, 나는 그 말을 믿지 않았다는 것을 지금에야 안다. 조금도. 믿기가 너무 무서워서.

그렇게 믿고 싶었고, 그리고 무턱대고 믿는다 여겼었는데.

"로우."

나는 다른 남자의 이름을 불렀다. 내 귀에도 맥없고 불안하게 들리는 목소리.

로우는 5년 정도, 그냥저냥 사귄 남자 친구다. 니이무라 씨가 싫증 나면 언제든지 나한테로 와, 라고 말하곤 했다. 물론 그런 일은 있을 수 없기에, 로우가 그렇게 말할 때마다 나는 절대 그런 일은 없을 거니까, 라고 단언했다. 너는 나의 제동 장치에 지나지 않으니까, 라고.

나는 니이무라 씨를 무척 좋아한다. 니이무라 씨가 아닌 남자는 남자라 여겨지지 않는다. 니이무라 씨만이 내 생명이고 인생이고 사랑이고 모든 것이다. 이것만은 신에게 맹세할 수 있다. 언제든. 가슴에 손을 얹고.

더 많이 니이무라 씨를 좋아하지 않게, 나는 늘 꼼꼼하게 주의를 기울여야 했다.

별 상관은 없지만, 제동 장치는 로우만이 아니었다.

물밀 듯 불안이 밀려와, 나는 도망치듯 탕에서 나왔다.

방 안은 반짝반짝 밝았다. 텔레비전에서는 낮은 소리가 흘러나오고, 니이무라 씨는 앉은뱅이 의자에 앉아 맥주를 마시고 있었다. 나는 잠깐이라도 로우를 만나고 싶어 한 자신이 원망스러웠다.

"우리, 잘 안 될 거야."

퍼뜩 정신을 차리니, 나는 선 채, 이러지도 저러지도 못하겠다는 투로 그렇게 말하고 있었다.

"지금까지가 좋았어. 당신 결국은 나를 싫어하게 될 거야. 내게는 이미 제동 장치가 없으니까."

니이무라 씨는, 놀란 표정으로 나를 보았다.

"내게도 제동 장치는 없어."

니이무라 씨는 희미하게 웃으면서 그렇게 말하고, 내 잔에 맥주를 따라 주었다.

"그런 게 아니고."

나는 아마도 내 정신이 아니었다. 그렇게밖에 생각되지 않는다. 혼란스러워 평정을 잃고, 그리고 겁에 질려 있었다.

"당신이 유부남인 게 제동 장치였다는 뜻이 아니야."

나는 로우와의 관계를 대충 얘기했다(다른 제동 장치에 대해서는 얘기하지 않았다. 얘기도 복잡해질뿐더러, 엇비슷한 일이니까).

"5년이나 사귀었어. 다음 주에도 만나기로 했고. 당신이 있다는 것도 알고 있고, 그런 다음 더 이상은 안 만날 테지만, 하지만,

아까 로우를 만나고 싶다는 생각을 했어."

니이무라 씨의 굳은 표정은 채 1분도 가지 않았다. 하지만 물론, 그것으로도 충분했다. 니이무라 씨는 놀라고, 상처를 받았다.

"어쩔 수 없지."

무언가를 결정적으로 잃은 것은 그 순간이었다. 니이무라 씨가 허탈한 듯 미소 짓고는, 어쩔 수 없지, 라고 말한 순간.

"우리 정말 오랫동안 불안정한 상태에서 만났으니까, 미치루에게 그런 사람이 있었다고 해도, 어쩔 수 없는 일이잖아."

슬펐다. 로우 얘기는 하지 말걸, 하고 후회했지만 이미 때는 늦었다.

"그러니까 신경 쓰지 마."

니이무라 씨는 내가 좋아하는 깊고 부드러운 목소리로 그렇게 말했다. 하지만 나는 용서받은 나 자신을 용서할 수 없었다.

"왜 그렇게 쉽게 용서하는데?"

그래서 물었다.

"우리 정말 징그럽도록 서로를 사랑하잖아? 눈에 보이는 게 없을 정도로 정신없이 사랑하고, 막을 수도 없어서 이렇게 된 거잖아?"

나는 울고 있었지만, 니이무라 씨는 여전히 허탈한 미소를 지을 뿐이었다.

"이리 와 봐."

니이무라 씨는 나를 껴안아 무릎에 앉혔다.

"우린 정말 징그럽도록 서로를 사랑하고 있어. 눈에 보이는 게 없을 정도로 정신없이. 지금까지도 그랬고, 앞으로도 그럴 거야. 하지만 당신에게는 로우란 존재가 있어. 내게도 그런 여자가 있었던 것처럼, 물론 아내 말고. 괜찮으니까 가만히 있어."

가만히 있으라고 하지만, 그럴 수 없었다. 니이무라 씨의 팔을 뿌리치고, 품에서 빠져나왔다.

"아내 말고?"

얼빠진 목소리였다.

"아내 말고."

니이무라 씨는 고개를 움츠리고, 같은 말을 반복했다.

"거짓말이지?"

"거짓말 아니야. 하지만 이혼 서류에 도장 찍고 나서는, 당신 아닌 여자는 전혀 생각나지 않았어. 그리고 물론 당신에게 제일 먼저 알렸고. 다른 여자에게는 아직 알리지도 않았어."

말이 안 나왔다. 제일 먼저 당신에게 알렸다고? 나는, 잘못 들은 것이 아니기를 기도했다.

"미치루?"

뭔가가 크게 잘못돼 있다. 하지만 대체 뭐가 잘못된 것일까? 니이무라 씨는 이혼이 성립되었다는 사실을 내게 제일 먼저 알려 주었다. 그런데 뭐가 잘못된 것일까.

우리는 둘이서 이혼을 달성했다고 생각했다.

"이제 다 끝났어."

진지한 표정으로 니이무라 씨가 말했다.

"앞으로는 내내 같이 있을 거니까."

그래도 그 말에 나는 행복했다. 내 뜻과는 달리.

"너무하다."

나는 말했다. 니이무라 씨에게 다른 여자가 있었다니, 믿을 수 없었다. 뿌리째 뒤집히고 말았다.

우리는 정말이지 오래오래 기다렸다. 허구를 믿고, 현실과 타협하면서, 오래오래 기다렸다. 나는 니이무라 씨가 나와 같은 생각을 하고 있다는 것을 알 수 있었다. 내게는 니이무라 씨가 전부라고, 니이무라 씨는 그렇게 믿고 있었을 것이다.

"무섭다."

나는 그렇게 말하고, 나 자신을 또 달마상 같다고 생각했다. 두 눈은 있어도 움직이지 않는, 선반 위에 있으니까. 그런 생각을 하자 우스웠다. 슬며시 웃음이 나왔다. 어차피, 우리는 이제부터 다시 시작해야 한다.

눈을 뜨자 비가 내리고 있었다. 절망적이었다. 그래도 곁에 있는 니이무라 씨가 이제 홀몸이라고 생각하자 또 기뻤지만, 동시에 나는 모든 것이 원래 자리로 돌아갈 수 없다는 것을 알고 있었다. 잃어버린 것들이.

아침을 먹고 택시를 불러 근처에 있는 미술관에 갔다. 미술관 카페에서 점심을 먹고, 또 택시를 타고 여관으로 돌아왔다. 어제 건넜던 다리에서, 축축하게 젖은 자전거 가게가 보였다. 더 이상은 꿈같지 않았다. 슬픔만이 남았다.

그 후에는 어제와 똑같았다. 대욕탕에 갔고, 저녁을 먹었고, 섹스를 했다. 어제보다 말은 적게, 하지만 어제보다 더 격렬하게. 니이무라 씨는 적포도주의 마개를 땄고, 나는 어렸을 적 무서워했던 것을 이야기했다.

비는 그치지 않고, 포도주에서는 곰팡내 맛이 났다. 니이무라 씨는 천수관음이 되었고, 나는 온몸을 뒤로 젖혔다. 니이무라 씨를 좋아한다고, 그렇게밖에 생각되지 않았다. 지금 다른 일들은 아무래도 상관없다고 생각하기로 했다. 이제 다시 시작이니까.

잠든 니이무라 씨의 숨소리가 들린다. 나는 또 운다. 곁에 있는 니이무라 씨는 이미 내가 아는 니이무라 씨가 아니기 때문이다. 나는 두 번 다시 그를 만날 수 없으리라.

칠칠치 못한 여자, 라는 엄마의 목소리가 들리는 듯했다. 우하우하로구나, 하는 아빠의 목소리도.

알몸으로 잠든 니이무라 씨의 손을 잡고 입맞춤한다. 그리고 누운 채 살며시 손가락을 마주 낀다.

| 작가의 말 |

 단편집이기는 하지만 온갖 과자를 섞어 놓은 과자 상자가 아니라, 사탕 한 주머니입니다. 색깔이나 맛은 달라도, 성분은 같고 크기도 모양도 비슷비슷합니다.
 다양한 사람들이 다양한 장소에서 다양한 기억을 안고 다양한 얼굴로 다양한 몸짓으로, 하지만 여전히 늘 같은 모습으로 살아갑니다.
 '나는 인간 모두가 자기 의지대로 커다란 몸짓으로, 자기 인생을 그리고 있다고 생각해요. 또렷하고 결정적인 방법으로.'
 이렇게 말한 사람은 프랑수아즈 사강입니다.
 사람들이 만사에 대처하는 방식은 늘 이 세상에서 처음 있는 것이고 한 번뿐인 것이라서 놀랍도록 진지하고 극적입니다.

　가령 슬픔을 통과할 때, 그 슬픔이 아무리 갑작스러운 것이라도 그 사람은 이미 울 준비가 되어 있습니다. 잃기 위해서는 소유가 필요하고, 적어도 거기에 분명하게 있었다는 의심 없는 마음이 필요합니다.

　그리고, 그것은 분명 거기에 있었겠죠.

　과거에 있었던 것과, 그 후에도 죽 있어야 하는 것들의 단편집이 되기를 바랍니다.

2003년, 깊은 가을
에쿠니 가오리

| 옮긴이의 말 |

'나는 혼자 사는 여자처럼 자유롭고, 결혼한 여자처럼 고독하다.'

연애는 한때의 열병 같은 것이어서, 한참 열이 오를 때는 몸과 마음이 다 녹아내릴 것 같다가도 시간이 흘러 열이 식으면 몸도 마음도 평온을 되찾기 마련인가 봅니다. 연애에 몸과 마음을 불태웠던 많은 남녀들이 결혼이란 제도에 진입하는 순간, 서로를 자신처럼 사랑했던 마음보다 현실이란 지평을 앞세우는 것을 보면 말이죠. 연애를 할 때는 마치 없어도 좋을 듯 죽였던 자기 자신을 고집하고 관철하려는 것을 보면 말이죠.

미칠 듯이 사랑하고 폭풍 같은 연애 끝에 결혼한 부부가 세월이 흐르면서 마음의 담을 쌓고 서로가 고독 속에 갇혀 지옥 같은 결혼 생활을 유지하는 경우를 보면, 연애가 곧 결혼이라는 등식은 이미 성립하지 않는 듯한 느낌이 듭니다.

그렇다면 온몸과 마음을 녹여 버릴 듯 뜨거웠던 그 사랑은 어디로 가 버린 것일까요?

그리고 그 열기 식은 자리에 남은 것은 무엇일까요?

지금껏 우리에게 사랑의 무수한 변주곡을 들려주었던 작가 에쿠니 가오리의 새 소설은 지금 사랑이 끝난 자리에 서 있습니다. 더욱이 그 사랑은 결혼으로 마무리 지어져 더없이 행복한 앞날을 그려야 마땅한 것이었습니다. 그런데 왜일까요? 새 소설 속의 결혼했거나 결혼할 여자들은 한결같은 고독에 몸부림치다 새로운 사랑과 혼자임의 자유를 찾아 나서기도 하고, 그러다 다시 돌아와 또 자신만의 고독에 갇히곤 합니다. 마치 자신을 곤추세워 줄 힘이 고독에 있기라도 하듯이 말이죠.

그 여자들에게 사랑과 결혼은 이미 삶을 지탱해 주는 버팀목도 자신의 전 존재를 보듬어 주는 따뜻한 울타리도 아닙니다. 그것은 다가갈수록 멀어지기에 끊임없이 희구해야 하는 꿈이며 또 영원히 사로잡을 수 없기에 허허로운 절망의 또 다른 이름입니다.

그래서 불꽃이 제 몸을 불살라 언젠가는 싸늘한 재로 변하듯, 타오르는 사랑이란 스치고 지나가는 열병 같은 것일 뿐, 사랑의 끝에는 언제든 고독한 자기 자신만이 남는다는 비극적 진실에 울 준비를 하고 있어야 한다는 것일까요?

2004년,
옮긴이 김난주